灰房子 红房子

张岚———著

北京出版集团
北京十月文艺出版社

此书献给我亲爱的父亲母亲。

目录

第
一
章

　　从我四岁多记事起，我这一生就是从灰房子搬到红房子，再从红房子搬到灰房子。住过的房子有两种色调，不是灰色就是红色。不停地搬家，每搬一次家，几乎就改变一次命运。

　　成长在告别之中，不断地告别，使我不断地成长。

1

　　姥姥在一个阳光明媚的下午，一边炒花生，一边漫不经心地告诉我："宁子，你是1960年'低标准'时出生的，庚子年的五月初五，也就是端午节那天，你闹着出来，嘴馋了。往年，家里人能吃到你妈包好的红枣江米粽子。'低标准'那时，家里没有粮食吃，你妈没吃的，缺奶，你没吃两个月奶，你妈就没奶了。家里有点小米就熬粥，很稀，你是喝米汤长大的。"姥姥眯着眼睛对我说。

我抬起头瞪大眼睛问："我爸妈没对我说过，什么叫'低标准'？"

姥姥皱起眉头说："没粮食吃，树上的树皮都被吃光了，吃草都没有，人浮肿，肚子痛，拉不出屎来，活着过来真不容易。"

姥姥一脸的痛苦，不愿叙说的样子，接着又说："你家兄妹四个，你妈有抽风病，记不住你们的生日。"

我一直都过阳历生日，每到生日我吃两个鸡蛋，姐姐哥哥们每人吃一个鸡蛋，所以我们都盼着过生日。大姐是6月底的生日，大哥是11月底的，二哥是9月中的，我是5月底的生日。因为一年之中只有我们兄妹过生日才能吃到煮鸡蛋，记得可清楚了，只是不知道父母的生日，每每我们吃鸡蛋，他们坐在一边笑着、看着，从不吃。在我的记忆里，我们从没有给他们过过生日。

我们都记得阳历生日，没人记得农历生日，只有姥姥认农历。姥姥信佛，开始是初一、十五吃素，后来算命的说，我的舅舅难养活，她为了独生儿子，完全吃斋念佛，求菩萨保佑她的儿子。

姥姥和姥爷都是河北人，姥姥比姥爷大三岁，当地有俗话说"女大三，抱金砖"。姥爷家是个富农，有十多亩地，还有十几间房子。姥爷懂中医，是不是家传，没人说过。因为从我记事起，姥爷就是我姥姥的"敌人"，谁也不敢提，他偶尔来看我们，如果被姥姥知道，她会拿着鸡毛掸子追着满屋子打，姥爷每次都急忙拿起二毛皮大衣往外跑。

在我们家是避讳谈姥爷的。只有父亲偶尔轻描淡写地说两句，你姥爷纳了一个小妾（小老婆），你姥姥不原谅，那都是旧社会造成的。

姥姥生了五个女儿，因为生不出儿子，姥爷去西北经营药材生意时，在宁夏中卫县又娶了一个比自己小十几岁的小老婆。旧社会是容许"重婚"的，有钱的男人可以娶好几个姨太太，"一妻多妾制"。听说反封建、闹革命时，很多妇女起来造反，参加革命的原因都是因为反对一个男人娶几个老婆。

我姥姥是个美人坯子，杏核大眼睛，双眼皮，高挺的鼻梁，细高窈窕的身材，瓜子脸，细腻白净的皮肤，浓密乌黑的头发，盘了一个发卷在后脑勺，干脆利落。

姥姥三岁多时，她的母亲将她脚的大拇指除外的四个脚趾向内弯曲贴在脚底，用一条长长的、宽约三寸的白布紧紧裹住。然后，逼她走路，每走一步，她都龇牙咧嘴地号，脚下有钻心的疼痛，不走路就被母亲打或不给饭吃。她开始扶着炕沿或墙走，几个月后慢慢习惯了，脚趾的骨骼已折断。

过了一年，姥姥哭着祈求母亲松开缠脚布，她的母亲痛哭流涕地说："闺女呀，不是娘心狠，是为你好，你一双大脚，将来怎么嫁人？"

儿时，我经常担心地看着姥姥走每一段路，她拼命想跟我们走得一样快。只要与姥姥一起走路，我们都会故意放慢脚步。姥姥晚上回家用热水泡脚，随着轻轻叹息声，紧皱眉头，弯下腰，用力掰开叠加裹在一起的五个脚趾，再用剪刀剪去不断生长刺入脚中的指甲。

小脚姥姥"三寸金莲"，身体硬朗，干净利索，头发绾成一个发髻在脑后，那时姥姥六十多岁，走起路来噔噔的，一副不服输的样子。

关于妇女的脚是很有说法的。像姥姥这样的脚叫"三寸金莲"，从小裹脚使脚趾骨折。还有一种妇女脚叫"解放脚"，是解放的时候，本来裹了脚的妇女又放开了，所以是半骨折状态，走起路来一瘸一拐。妇女大脚的、没有裹脚的，大多数是满族的妇女，她们嗜好抽烟，大姑娘都拿着烟斗袋抽烟。

姥姥在河北老家等了姥爷好多年，姥爷杳无音讯。姥姥下定决心要找姥爷，把大女儿放在老家由她的妈看着，拿着姥爷信封上的地址，自个儿带着三个女儿从河北交河县沿路乞讨一个多月，终于在宁夏中卫一个四合院，亲眼看到姥爷纳了一个小妾，生了三个儿子。

姥姥开始又哭又闹，比姥爷小十几岁的妾看上去很懂事，温柔地劝姥姥："大姐，一起住吧，这个家你说了算。"

姥姥带着我母亲和两个姨住进正房，我的二姥姥"妾"，住进东房，她们在一起生活了几年，我姥姥又生了一个儿子和一个女儿，我的二姥姥也生了两个女儿。

我的姥爷真能干。不知哄两个女人的日子有什么快乐？

姥姥受不了气，与姥爷分家了。姥姥带着我母亲，还有一个舅舅和小姨自立门户，靠纺线织布、做老头帽子、洗衣服、做针线活勉强维持生活。

姥姥曾经对我说过："那个小婆子很坏，她在你姥爷面前装可怜，你姥爷赚的钱全给她，你姥爷偏心她。"

其实，我的二姥姥并没有我姥姥长得漂亮，她小矮个儿，细小的眼睛，就是说话声音又低又慢，看上去很温柔。

我九岁时，我们家在灵武，姥爷带着她从甘肃酒泉来看我们。

在姥姥的影响下，我打小就反感二姥姥。来前父亲对我们进行了教育：必须有礼貌，必须叫二姥姥。

二姥姥给我们做饭、洗衣服，性格温柔，慢声细气地对我说："你姥姥人好，就是脾气太坏了。"

我心里想，我姥爷被你抢走了，她能脾气好吗？

但长大后想起来，她又有什么错？

我的姥姥即便在解放后也没有与姥爷办理离婚手续。

姥姥打得一手好算盘，她靠自个儿纺线、织布、做帽子，从一个小推车干起，满大街小巷地叫卖，靠卖针头线脑的物件养活几个儿女，母亲和几个姨从小就学会纺线、织布、绣花、织毛衣、做针线活。为了减轻姥姥的生活负担，我的大姨、二姨、三姨，在十四五岁就都嫁人了，听说，大姨嫁到河北，二姨嫁到河南，三姨嫁到沈阳，彼此之间从无音讯，没有来往。

1951年母亲和父亲结婚后，开始姥姥、舅舅、小姨与我们一起住，我们家从中卫搬到银川，姥姥开了一个小小的店铺，就与我们分开住了。

姥姥没干几年赶上"公私合营"，姥姥的店铺就被合并到国营的商店，姥姥成为一名售货员，每每提起这事，姥姥总是愤愤不平。

没干多久，她就一气之下辞了工作，回家又在大街上摆起了茶水摊，还卖炒熟的瓜子花生，一干就是一辈子。

2

我的家，在大西北，黄河边上的一个小城。家很小，在市中心钟鼓楼南街一条不宽不窄的马路东边，马路两边都是老宅子。听说都是解放前的大户人家的，非富即贵。

胡同院子有槐树、榆树，每到夏天，树上挂满了串串珍珠般的槐花、榆钱儿，母亲常用槐花或榆钱儿拌面粉，蒸熟了，用酱油、蒜、醋、油泼辣子拌着给我们吃。

夏天总是满大街的槐花和榆钱儿香味。

以钟鼓楼为中心是一个十字路口，听说这个鼓楼是清朝道光年间建的，砖木结构。向东二百多米也有一个古老建筑，叫"玉皇阁"，老人们说是明代的建筑，二层楼木制结构，木头楼梯，木头窗格，木头的小长廊。

这是我儿时记忆里最好玩的地方。我跟着两个哥哥藏猫猫，从我家到鼓楼一百多米，先上鼓楼在木制的小房子穿来穿去后下来，又跑约二百米到玉皇阁，在掉了漆皮的暗红色木制楼梯上爬上爬下。

每次都玩到天上的月亮或星星出来才回家。

我家住在鼓楼南大街46号院，是解放前一个大地主的老宅，解放后政府接收，分给群众居住。分上院和下院，走十几级石头台阶，有一个木牌楼，好像画着牡丹花和小鸟，花花绿绿的，有两个石鼓门墩，我家住在上院，紧挨着牌楼，上院有六户人家。

我家很小，两间灰砖平房，二十多平方米，里外屋，房子的门楣和门槛都是又大又粗的老旧红松木头，不光滑。我摸门框时经常被刺扎到手指，母亲会拿一根细小的针，捏紧我的手指把刺挑出来，还告诉我："忍一下就好了。"有时我不告诉她，手指会变红肿，母亲发现了，捏住我的手指拿着针说："长痛不如短痛，刺挑出来就好了。"这样的情况下，扎得深，手指会出血和黄色的脓，母亲再抹些红药水，告诉我不要沾水。

母亲非常好看，白净的圆脸，大眼睛，梳着齐腰的两根长辫子，又黑又粗。因为家很小，进门就是炕，地面是黄色黏土地，母亲经常端着一个小白脸盆儿用手往地上轻轻地洒水，黄土地被母亲打扫得从不掉渣土。窗户是木方格子的，上面糊着白纸。家里很干净，除了用了很久的旧被子、枕头，还有两个破掉皮的木头箱子，没有什么其他的家具。

院子顶上房是赵奶奶家，每每我去她家与她聊天儿，时间总过得很快。她是资本家的太太，给我讲过很多神话故事：《山海经》里人面的兽、九头的蛇、三脚鸟、生着翅膀的人、九尾狐。还有夸父逐日、后羿射日、精卫填海等神秘奇特的故事，那些半人半神半兽的古怪形象，把我带进魔幻世界。那些有鸟羽的人，有鱼尾巴的人，有三副面孔的人，有蛇身的人，有马蹄的人，有狗脸的人，也都在故事中复活，有的奇异，有的神秘，有的古怪……

赵奶奶讲的故事让我惊叹不已。讲完故事，赵奶奶神秘地对我说："这是我们两个人的秘密，不要跟外人讲。"她的眼睛眯成一条缝，笑起来真像一个老小孩儿。我只是信守诺言，给我的哥哥姐姐都不讲。他们总是说我："跟一个老太太有什么好玩？"

多年以后我才知道，赵奶奶给我讲故事是担风险的，因为那时候这些都是"封、资、修"，属封建迷信，是受批判的。

大西北的冬天中午，金色的阳光从窗棂折射进来，落在赵奶奶银白的头发上，白色的银发变成金发，一闪一闪。她那张布满皱纹的脸，眼皮已经耷拉，但遮不住她那睿智的眼睛。她手里拿着抹布不停地擦灰尘。听说她丈夫解放时被镇压了，她和两个孩子一起住，一个儿子，一个女儿，他们都大学毕业，在小五金厂工作。

1964年的冬天，我每次去她家，她都拿出一个精致的黑色铁盒子，上边有金黄色的牡丹花，她那双枯皱的手，青筋显露在皮下，颤抖着拿出两块水果糖给我吃，小铁炉子上的古铜色铜壶擦得很亮，能照见人影。火炉上壶嘴喷出白色的雾气，小屋洒满冬日阳光，赵奶奶那张布满皱纹的脸显得非常慈祥和善。

我记忆里的第一个政治运动是"社会主义教育运动"，简称"社教"，整风整社、社会主义教育和"四清"工作：清政治、清经济、清组织、清思想，强调搞运动的目的是"解决社会主义和资本主义的矛盾"，重点是整"党内那些走资本主义道路的当权派"，这场运动赶走了我最喜欢的赵奶奶。每每想到她，就想起她银色的白发，想起她弯着腰，用手拿着洗干净的抹布，不停地擦拭她家的老钟表和那个古铜色的铜壶，那是我此生见过的最漂亮的壶。

父亲从部队转业后当过小五金厂的书记。一天上午，赵奶奶的儿子掀开我家的大棉门帘，他中等个，戴着一副白色发黄塑料镜框的高度近视眼镜，清瘦的脸，找我父亲说："张书记，厂里让我去固原，说'四清运动'里我属于清理对象，之后我去了，能否让我妹妹留在城里照顾我的母亲？"

父亲看着他，用一副同情而又难为情的样子说："我已经病退了，我再给新任的厂长建议一下，家里有困难，老人有病，的确应该留一个孩子在身边。"

赵奶奶的儿子用手扶了一下那副白色发旧变黄的眼镜，苦笑着说："谢谢您！"起身走了。

他穿着洗得发白的旧蓝色的中山装，左上衣口袋还别着一支钢笔，衣服显得特别宽松，似乎是骨头架撑着那瘦弱的躯干。

他一出门，父亲仰天长叹："唉！可惜了，清华大学毕业的高才生，我们办工厂，搞工业化，都需要他们。"

我最后一次见赵奶奶，是那年冬天飘着雪花的一个下午，我又去看她，铜壶在炉子上冒着热气，赵奶奶弯下腰，从大木箱里拿出一条淡黄色纱制的围巾，深情地看着我，轻轻地给我系在脖子上，用手抚摸着我的头说："你美丽又聪明，长大一定会有出息。"那眼神充满了不舍和希望。

一天傍晚，她的一双儿女又去找我父亲。她的大儿子大约有三十七八岁，听说是清华大学研究生毕业，学工科的，女儿是北师大毕业，学数学的，一个三十多岁的老姑娘，他们都没结婚，因家庭出身不好没人敢找。

赵奶奶的大儿子祈求着对我父亲说："张书记，麻烦您再给他们说说，我去，让我妈妈和妹妹留下，固原靠天吃饭，天不下雨连喝的水都没有，我妈七十多岁了，我妹得留下来照顾她。"

我父亲一脸无奈地说："我说了多次，他们不同意。让你们全家必须走，他们说这是阶级立场的大问题。"

那是我生平第一次看到一个人祈求另一个人时的可怜眼神。

没过几天，母亲急匆匆地从外边回来说："赵老太太的儿子、女儿明天就走，赵老太太决定跟着儿女走。"

父亲一脸的无奈对母亲说："你明天蒸一些白面馒头，再烙些葱花饼给他们带上，路上吃。"

母亲一脸为难，月底了，我们家的面缸也见底了。

赵奶奶全家是在一个冬天的早上走的，走的前一天，赵奶奶坚持要把她家祖传的一把"太师椅"送给我们，说我父亲有哮喘病，坐上会舒服些，说留给我们做个纪念。父亲让母亲把家里剩下的十五元钱给赵奶奶，赵奶奶坚持不收。母亲说："收下吧，老张的脾气你们知道，否则他不会要太师椅的，再说你们去固原很苦，水都喝不上，要接雨水喝。你身体又不好，拿着吧。"就这样，赵奶奶把钱收下了。

天麻麻亮，我听母亲对爸说送走了，把药和厚棉被都给老太太带上了。

我不相信，早上起来又跑去赵奶奶她家看，门上紧紧被大锁子锁住，我回来问父亲："赵奶奶一家去哪了？"眼泪流到嘴角，有点咸味，那是我第一次知道眼泪是咸的，还有点涩。看着父亲一脸的无奈，我知道再说什么都没有办法了。

他们去了宁夏南部的固原县。听说那里特别苦，人们都是脸朝黄土背朝天，家家都有地窖，等着下雨天，接好水藏在地窖里。据说那个水喝之前，要用白矾把泥沙沉下去，水都是黄色的。那里的人无事可做，大多数人都是蹲在墙根晒太阳，抓虱子。那里人特别穷，一家五六个小孩，只有一条裤子，大多数时候在炕上坐着，围着一个破旧的棉被。谁出门谁穿裤子。炕沿上有一面大约一米高的小矮土墙，土墙上面挖几个洞，被摸得很光亮，那就是孩子的吃饭碗。好多人因为地区缺碘，患"大脖子病"，我听着都觉得害怕。

父亲时常提起赵奶奶的大儿子，说，太可惜了，人又老实又有才华。

那晚，寒冬的月亮又大又亮，我坐在院子里，仰头看着惨白的月光，想念赵奶奶一家人。

下院南边，有一家人家有木头格小方窗子，淡黄色昏暗的灯光里传出悠扬的口琴声，是我童年听到的最美的一首关于月亮的歌曲——《听妈妈讲那过去的事情》：

月亮在白莲花般的云朵里穿行

晚风吹来一阵阵快乐的歌声

我们坐在高高的谷堆旁边

听妈妈讲那过去的事情

我们坐在高高的谷堆旁边

听妈妈讲那过去的事情

那时候妈妈没有土地

全部生活都在两只手上

汗水流在地主火热的田野里

妈妈却吃着野菜和谷糠

冬天的风雪狼一样嚎叫

妈妈却穿着破烂的单衣裳

她去给地主缝一件狐皮长袍

又冷又饿跌倒在雪地上

经过了多少苦难的岁月

妈妈才盼到今天的好光景

……

这歌曲温婉悠扬，但听起来一点也不快乐，琴声带着淡淡的忧伤飘向黑色的夜空，让人思念远方亲人。

从此，我们再也没有赵奶奶一家人的消息。"四清运动"，让我无奈伤心地告别了我最喜欢的赵奶奶。

少年时代我问父亲什么叫"低标准"？什么叫"四清运动"？

父亲紧皱着眉头说："'低标准'发生在1959年至1961年，是天灾人祸，人祸是'大跃进'和人民公社闹的，粮食不丰收，食品短缺，苏联老大哥逼我们还债。'四清运动'就是清理阶级队伍，清思想、清政治、清组织、清经济。派工作队进农村。"说完后，我一脸的不解，父亲加重语气说："不许出去讲。"母亲在旁边抱怨父亲说："还不吸取教训，对孩子乱讲，你这辈子就吃亏在性格脾气和这张嘴上。"

我是一个打破砂锅问到底的人，是一个充满好奇心的人，不停问大人们："为什么？"父亲为什么不让我们与姥姥舅舅来往？父母为什么经常吵架？小朋友们为什么分"红五类""黑五类"？大人们为什么要搞运动？每当想问题时，追着哥哥问，有的他说得清，有许多他也讲不清。

每当遇上难解的问题，我就想起小学一年级的小胖王老师，她经常用北京话讲语文课，她是北京人，因家庭出身不好，来大西北工作，她京腔很重，常说："眉头一皱，计上心来。"所以每有难题，我就皱眉，有时想到答案，有时怎么皱也想不出答案，眉头上刻下两道竖着的皱纹。

3

时过多年，我问二哥，父亲为什么不让我们与姥姥和舅舅来往？

二哥说："你太小。1960年，'低标准'，家里没吃的，舅舅才十几岁，媒人给他介绍了个对象，是中卫人，他们一家三口在我们家吃了近一年，妈妈把家里仅有的一点大米白面给他们吃，我们吃野菜、树皮、麸皮和糠。爸爸因政治运动受刺激患了'精神病'，在干部疗养院休养。我们饿得没办法，经常去粮店，等别人买大米时，捡大漏斗撒在地上的米。父亲为了吃饭，把家里能卖的皮大衣和手表都卖了。你刚出生，妈妈吃不饱，奶很少，不够你吃，爸爸每天让人把他在干部疗养院的半斤牛奶给你喝。"

出生时的事，我不知道，难怪我三十多岁去体检，医生拿着X光片说我"天灵盖没完全闭合"，当时我大笑，您看错了吧？他说是先天发育的问题。

我又问二哥："爸爸精神上真有些问题吗？"

二哥讲：父亲一生很不容易。1959年反"右倾机会主义"，开党委会时，大家都批判彭德怀，唯独他说："彭老总很正直，很会打仗。"彭德怀当过西北军区司令员，父亲很是敬佩他。就因为这句真话，父亲被打成"右倾机会主义分子"，不停地被批判，患上"精神错乱"。听母亲说爸爸受了精神刺激，脚上穿着日本战靴，拿着当年解放东北时缴获的日本人的战利品，部队奖励的"小撸子"手枪，跑到市政府骂冯市长，脱光了衣服，指着在抗日战争、解放战争中身上受的七处枪伤喊，你给我出来，你算什么东西，老子参加革命时你还在穿开裆裤，老子提着脑袋打江山，倒成了反革命？

父亲被缴了枪，送进精神病院，还被诊断为"精神错乱"，关到省里的干部疗养院。一直到1962年甄别平反，又被派去贺兰山的小口子带一个排，看守炸药库。

父亲五十岁就提出因病退休，还拍了一张照片，题字为"自己在病中自思自叹"。

难怪儿时经常看到，父亲站在我们家一面白墙前，对着马克思、恩格斯、列宁、斯大林、毛泽东、周恩来、刘少奇、朱德、邓小平、陈云等人的灰色丝质画像发呆。

1960年"低标准"的事，我不知道。我四岁多时的有些事还能隐约记得，在一个电闪雷鸣的大雨天，半夜家里四处漏雨，母亲起来用几个盆子接雨水，雨水从屋顶的泥缝中先是滴答滴答地落在瓷盆里，随即就变成多条雨线垂下来，母亲只好不停地倒水。我们裹着旧被子在炕上，挨到天蒙蒙亮，母亲借了个小推车，在泥泞的路上，从很远的地方拉回来一小车土，又和了泥，自己爬到梯子上，让大姐和大哥左右扶着，那时大姐十三岁，大哥也就十一岁，用盆把泥递给她，她爬上房顶去补漏洞。

我的童年就这样在母亲的呵护、父亲讲的革命战斗故事及"政治运动"中度过了。

第二章

1

　　1966年的初春，大西北还是冷气袭人，三月下旬了，母亲还是不让我们脱棉衣棉裤。

　　一天，母亲笑嘻嘻地进家门对父亲说："我们家的房子分下来了，三间平房，在红旗电影院的斜对面，是一个臭水沟填起来的地方，大概有五六排红砖房。"

　　春天是个好日子，我们搬新家了，带着破旧的棉被和我们的旧衣服，还有那把断了一条腿用胶布缠了又缠的

"太师椅"。

新家三间房外面是砖红色小条砖，顶上是砖红色的瓦片，屋里四白落地，地面是灰色小砖铺成，不再是土地的，窗户是玻璃的，屋子里特别亮堂，坐北朝南。母亲开始分配房间，靠东的大房间，南面有一个双扇窗户，给父亲住，因为父亲有肺气肿病，经常哮喘，听说是在老家开滦煤矿挖煤时留下的病根。抗日战争时与日本鬼子打仗，他被日本人追着跑山头，一天跑几十里地，又喝冰冷的河水，落下了毛病。

父亲住东边暖和些，母亲、姐姐和我住最西边的一间，相对隐蔽，北面有一个小窗户。两个哥哥住一进门的房间，母亲会计算，要房时盘了三个炕。

我们这排红砖房，我家在东边把头，一共四户人家。挨着我们家的是一个民警叔叔，夫妇俩是陕北人，他家没小孩；再往西是一对工人夫妇家，夫妇俩是江苏人，有一个小男孩几个月大；最西边是地主婆崔老太太带着一个女儿，名叫崔优美，人很漂亮，是秦腔剧团唱戏的，听说是领养的。

这个老太太五十多岁，又矮又胖，青蛙脸，绿豆眼，满脸的横肉，头微颤抖，脸部下垂。走路总是歪着头斜眼看人，看长相就不像好人。我们都不喜欢她，她经常训斥我们在院子里跑着玩，一脸的不耐烦，有时脸颤抖得厉害。谁家说什么"反动话"，她经常去打小报告，大人小孩全躲着她。

我们很快与住在后一排的李根翠阿姨一家成了好朋友，李阿姨是山西人，长脸，细眼，山西人的口音，齐耳的刘胡兰短发，每天头发都很整齐，别着两个小黑卡子，中式对襟藏蓝色布衣服，说话办事干净利索，总是能听到她爽朗的笑声。她有一对儿女，老大男孩叫顾国，老二女孩叫顾敏。李阿姨是街道主任，没多久母亲选上副主任，她俩亲密合作。

李阿姨是我们家的常客，几乎天天都来。自然而然，孩子们也成了好朋友，我的俩哥哥与顾国经常玩。我和顾敏天天玩，我们一起攒糖纸、抓羊拐、跳皮筋。她比我大两岁，圆圆的脸，高鼻子，薄嘴唇，我的童年大半时光与她在一起，她总是让着我。

平静的好日子没几天，1966年"文化大革命"开始了，它伴随了我整个童年和少年时代。

一天下午，顾敏拉着我去鼓楼玩，我们这个红砖房子的家，大约离鼓楼有三百米。鼓楼大街和鼓楼的灰砖墙上贴满了大字报，街道上拉着铁丝网，鼓楼的三层楼都贴满了，真是铺天盖地。我不认识多少字，顾敏也认不全，给我边念边猜，天黑了，我们回到家。

父亲一脸的不高兴："跑哪去了？不吃饭。"

我像一只受惊的小鸟，瞪大眼睛说："满大街的大字报！"

"以后不要去了，人多危险，小心踩着你们！"

"他们怎么写那么多？"我不解地问。

父亲深沉地说："知识分子，喜欢写日记，天天想天天写，这可好，搞运动，全翻出来了，揭发你的人都是身边最熟悉你的人。"

我不懂，但我自打六岁就知道了，长大不能写日记，小心被别人批判。因此，我从不记日记，无论是工作日记还是生活日记。

凡是遇上的人和事都铭刻在我记忆的深处，我学会了用脑子记录。

紧接着，"无产阶级文化大革命"如火如荼地开始了，人们都特别兴奋，连天连夜闹革命。李阿姨拉着妈妈和街道委员会的人，去纠斗"地、富、反、坏、右"，让坏分子带着大纸帽子在街上游行。晚上，在我们家，每天绣红袖章和毛主席像，第二天上交。

那时我缠着妈妈学绣花，妈妈说："你可以学着绣红袖章，但不能绣毛主席像，绣坏了问题就严重了，就是反革命。"

母亲的表情十分严肃，所以我也被吓坏了，于是只学着绣红袖章。她的手真巧，绣的毛主席像仿佛真戴着绿色军帽。

那时我们家可热闹了，大家每晚都熬到很晚，我什么时候在炕上睡着都不知道。

广播里每天都唱《东方红》、《大海航行靠舵手》和《无产阶级文化大革命就是好》等革命歌曲，还有《太阳最红，毛主席最亲》等革命歌曲，每每听到这些革命歌曲，我都感觉心潮澎湃，走路有劲，总是小跑着去上学或者回家。满大街的人手里拿着红色塑料皮的《毛主席语录》跳"忠字舞"，舞步是走"十"字步，歌词是"长江滚滚向东方，葵花朵朵向太阳"。无论男女，大多数人穿的都是绿色的军装或者深蓝色的衣服。

去看电影，先演纪录片，大多是伟大领袖毛主席发表了最高指示，或者是在天安门城楼接见红卫兵。《东方红》的音乐响彻整个电影院，震撼人心。我们大家感动得热泪盈眶，有的人还站起来跳着喊"毛主席万岁"！

从那时起，我幼小的心灵就开始向往北京，下决心等长大后一定要去北京学习工作。

《东方红》是陕北民歌，也有人说最早是歌颂陕北领袖刘志丹的，后来改编成了歌颂毛主席。"东方红，太阳升，中国出了个毛泽东。他为人民谋幸福。（呼儿咳呀）他是人民大救星。"

紧接着又掀起了全民养生运动：打鸡血和喝红茶菌，每天甩手二百次。

我家因父亲有哮喘病，每到冬天就趴在床上，不停地咳喘，所以这三样都用上了。

一个阳光灿烂的夏日午后，李阿姨端着一个圆形的白色小玻璃鱼缸，里面有一片绿色像海蜇似的小片，好像是活物，在水中动。她说："这是红茶菌，能治病增强体力。"又兴冲冲对我父亲母亲说："最近大家都在做鸡血疗法，选大公鸡抽出一百毫升鸡血给人打，一周一次，包治百病。"看了我们一眼，放低声音说："听说是一个国民党军医，临判死刑前，交出的一个秘方，治百病。要不让张书记试试？"

母亲第二天买了两只大公鸡回来，说好好养着换着抽血。

从此，我家窗前种的花全没了，搭了一个鸡窝，每天打开窗户都是鸡屎味道。大公鸡经常天不亮就打鸣，谁都别想睡懒觉。

我的表哥一头鬈发，说是自来卷，国字脸浓眉大眼，每天戴着红袖章，穿着黄军装，腰里扎一条皮带，背一个黄书包，看上去像文质彬彬的革命造反派。隔一段时间就会骑自行车来看望我父母。

表哥每次临走时，我父亲都要叮嘱"造反就造反，千万别打人"。

这次回来他被派上用场，母亲说："西河，给你姑夫找一个会打针的大夫，打鸡血。"

"哎，我明天就去找。"他非常听话。

没过几天，西河哥领来一个年轻男子，头上戴着一个洗得发白的旧军帽，背着发白的黄布包。说是医学院大四快毕业的学生，停课闹革命在家待着没事干。他叫张宁，中等个儿，小白脸，戴着一副白色高度近视眼镜，眯着一双小眼，看人的时候眼睛从没聚过光，心神不安的样子，说话声音很小。

从此，张宁每周都来，先是把大公鸡抓住，我母亲帮忙把鸡翅膀攥起来，他打开一个小瓶子，用镊子夹出一个小酒精棉球擦两下，取出小铁盒里消毒好的针管，从鸡翅膀的血管抽出约十毫升血，再换一个针头，又取出一个酒精棉球，走进里屋给我父亲注射在臀部肌肉中，我每次都看，一个步骤不放过。

他一边打一边给我讲："在半个屁股右上角的四分之一处打，不能往里，伤了坐骨神经，会把人打瘸了。"

就这样打了三个月，父亲的左右臀部都打青了，每天晚上，母亲都烧一壶开水，用热毛巾给父亲做热敷。

不知道是喝红茶菌，还是打鸡血，还是甩手的功效，抑或是心理作用，父亲的确能吃饭了，脸上也有了红色，人也显得精神了。

母亲每天晚上给我们做完饭，还要给父亲煮针管，针管要等水开了煮半小时，还要给父亲热敷，每天都很辛苦。

父亲咬牙坚持，说不好他能坚持多久。

每次张宁来，给父亲打完针，就给我和顾敏讲故事。

他每次声音很小，让我们靠近他。没两次，顾敏就往后躲，不愿意离他近。

有一天下午，家里没人，我和顾敏摆家家玩，张宁敲门，我俩在门左右的窗户玻璃往外一看，是张宁，我说："是张宁叔叔，给他开门。"顾敏很紧张，拉着我不让开门，说："他是流氓，家里没大人，不能开门。"

我一脸不解："啊?! 什么叫流氓？"

她说："每次讲故事，他用手摸我下身。"

"什么下身？"

顾敏难为情地说："就是屁股，他还使劲儿抱我。"

我半懂非懂，怎么办？他不走，又敲门，又趴在窗户玻璃上，色眯眯地让我们开门。

我俩惊恐地把门反锁上，从东屋藏到西屋，坚持了一会儿，母亲散了会了回来，看他在门口，请他屋里坐。我和顾敏拉着手往外就跑。

晚上母亲给父亲告状，说我没有礼貌，张宁来了，叔叔都不叫，还不开门，让人家在院子里站了很久。

我没说话，等母亲不在，我告诉父亲说他是流氓，把顾敏对我讲的事一股脑儿全说了。

父亲气得说："还有这种事?!"

第二天，父亲告诉母亲说："我不打鸡血了，你告诉张宁他不用来了。"

从那以后，再没有见过张宁。

没多久，人们像打了鸡血一样地更加兴奋起来，大批判、游街、大字报、抄家，特别乱。

3

秋天，下着大雨的一个夜晚，李阿姨匆匆忙忙跑来，告诉我妈："让老张赶快躲起来，听说红卫兵明天要揪斗他。"

原来是崔老太太，向居委会的革命委员会告发。说我爸把一个毛主席的半身白瓷雕塑摔在地上，脚踩上去，骂毛主席，所以革命委员会开始调查我爸。

我说怎么前几天家里的氛围非常紧张，有一个毛主席半身白瓷雕塑不见了，听哥哥说，是妈妈在用鸡毛掸子掸灰尘时，不小心把毛主席的像碰倒在地上打碎了，爸妈吓坏了，赶紧收拾起来，天黑后跑到很远的地方埋了起来。下午门开着被崔老太太看见。她说我爸仇恨毛主席，把毛主席像摔在地上，用脚踩在上面骂毛主席，这便给我们家带来一场灾难。

父亲连夜拿着一件衣服走了，说是去他在部队时的老战友家。

清晨，太阳还没升起，来了一群人，手里拿着棍棒和钢鞭，叫着父亲的名字，闯进门来，找不到父亲便找母亲。

两个哥哥拉着手把着门，想挡住他们，我站在旁边大哭，不一会儿他们用力推开哥哥，从西屋把母亲拉走，追问父亲的下落。

第二天傍晚，李阿姨搀扶着母亲回来，母亲披头散发，脸上紫一块青一块，背上还有钢鞭留下的黑紫色的血印。

我们围着母亲大哭，母亲说："没事，幸亏是我，如果是你爸，就没命了。那些人全是地、富、反、坏、右的孩子，现在反过来造我们的反了。"

这一夜，我们没睡，围着母亲，在她身上涂了很多"紫药水"，她只能够喝口水，翻身就哼，说全身痛。

我望着窗外漆黑的长夜思考，这都是什么样的人？谁想打人就打，没人管？什么时候父亲能回来？

大约一个月后，一天夜里，父亲回来了，我双手搂着父亲高兴地问："爸爸，这次不再走了吧？"但说罢，我却哭了起来。

父亲低下头说："不走了。"

没过多久，一天傍晚，父亲突然对我说："小兰，我1933年加入中国共产党的地下党，1937年开滦煤矿暴动上延安抗大后，参加解放华北、解放东北，又解放西北，留在西北工作，只在1956年回过一次老家，明天我带你回老家河北看看。"

我高兴得一夜没睡好。

第二天下午五点多钟，父亲带着我去了银川火车站。那是我第一次去火车站，一个长长的大厅，门窗都是绿色的，有长条木椅，我连蹦带跳。

一直等到天黑了，我急着问父亲："为什么还不走？"父亲说："晚上九点的火车，我们先去北京，再坐汽车去河北唐山滦县。"

我实在熬不住了，躺在长条的木椅子上睡过去，在睡梦中从椅子上掉在地上，我哭着喊爸爸，睁开眼睛父亲又不见了。

我哭了好长时间，父亲和身边两个戴红袖章的人一起过来，父亲慈祥地抚摸着我的头说："别怕，我在。我们不回老家了，先回家吧。"

我看到戴"红袖章"的人就害怕，我非常懂事，没有讲任何条件，乖乖地跟着父亲回了家。

回家后，母亲告诉我，有人说，你爸是去北京告状，造反派去火车站把你们追回来的。

日子依旧过得提心吊胆。一个下午，父亲说开个家庭会，让两个哥哥和我去平罗的表哥家躲一下。两个哥哥反对，说要留下来保护父亲。父亲严肃地说："你们安全，我就无后顾之忧！"

在父母的坚持下，夏天槐花芳香的下午，我们三个人坐着绿皮火车晃了好长时间去了平罗。

西河哥哥和我的嫂子，在家做了一大桌子饭菜等着我们。

来时听母亲说，表嫂比我表哥大五岁，结过婚，但又爱上了表哥，就离婚了，还带了个男孩。西河哥长得特别帅，他父母本来不同意他们的婚事。但西河哥说这个表嫂特别懂事，会照顾人，会做饭，父母也就同意了。

两间小平房，干净利落。

一天，嫂子又做了大米饭和红烧肉，我们三人在吃。大约有半年没有吃过肉，我可解馋了，专门挑肉吃。我无意间抬头看见嫂子斜着眼说："她可馋了，专挑肉吃。"我听到，装没听见，却不敢再挑肉吃，从此这一眼，我一直记着。那时，我只有六岁多。所以不要以为孩子小，他们什么都不懂。

大约在表哥家住了一个星期，一天下午，西河哥拉着两个哥哥回来，紧锁眉头生气地对嫂子说："这两个孩子多危险，去爬火车！万一掉下来，我们如何向他们父母交代？"

嫂子也一脸着急的样子说："干脆给他们买火车票，让他们回去。否则，我们也不好交代。"

就这样第二天，我们三人坐着绿皮火车回家了。

还好，父母都在家，母亲嘟囔着说："这样也好，一家人在一起。"

折腾了大半年，这件事终于结束了。是李根翠阿姨还有邻居的警察叔叔，以及那对工人夫妇出来证明，说我们家从来就没有过毛主席的半身白瓷雕塑，所以就谈不上父亲仇恨毛主席是反革命的行为，我们全家人都非常感激他们。虽然他们万不得已撒了谎，但是为了保护我们全家人，他们不得不说谎话。

4

儿时，有顾敏在一起玩，我一点都不寂寞。

我们俩在一起摆家家，一起踢毽子，抓羊拐，和其他小朋友跳绳。她经常端着一个小纸盒到我家，我也拿出自己的一本旧杂志，里面夹着许多各种颜色的糖纸，有时候在一起玩，有时候互相交换。

我们有说不完的悄悄话，我特别喜欢她家的一对红色小木椅子，有靠背，大小刚合适。不像我家只有小板凳。她的父亲不苟言笑，长得英俊，是市里商业局的局长，她家可订阅《参考消息》，他们的"手纸"也很高级，是李阿姨把《参考消息》剪成的方块，用来擦屁股。

顾敏有"大白兔"奶糖总是给我留两块。秋天，妈妈煮熟金黄色的老玉米，我们一人一个。我总是舍不得吃，用手把煮熟的玉米粒一个一个地剥下来，裹在小手绢里，放在我的条绒上衣口袋里。每次去见顾敏我都要分给她一半吃。

我经常去顾敏家睡觉，我们俩一个被窝，她家里条件好，被子是粘胶布，印着大花，我俩总有说不完的悄悄话，每次被她母亲催几次才睡觉。

童年，大人们闹革命，家里人也不让我们去看游行，用父亲的话说那叫"打、砸、抢"。政府和法律完全处于失控状态。

我家西边，有一个水坑，每到冬天结冰很厚，两个哥哥经常自己制造木头冰车，用铁丝捆绑，一个人坐，一个人推，我很眼馋。喊着哥哥们推我，但每次他俩都有交换条件，第一，不许告状，和大人们说他们玩；第二，有好吃的要分给他们。我一一答应。但如果他们不带我玩，我还是会对父母告发他们。

秋天到了，漫天飘舞着黄叶。家里又要腌咸菜和酸菜了，妈妈借了一个木头的小推车，带我去菜市场买雪里蕻和大白菜，大白菜从三分钱一斤讲价讲到两分钱，买一车，再买两大捆雪里蕻，妈妈在前面拉车，我在后面推，我累得气喘吁吁，满头大汗，回到家端起大茶杯一口气喝下大半杯。

下午，妈妈又带着我去工地找石头，要圆的，不能太大，还要光滑不能掉渣，大多是光滑发黑的贺兰石。

大白菜、雪里蕻分别洗净晾干，把大白菜从中间一切两半，放在一个大黑缸里用来腌酸菜。雪里蕻放在一个相对小的缸里，放一层菜撒一把大盐粒，然后把煮开的花椒水晾凉倒进缸里。腌酸菜也是这样，只是盐少，放一半，再放一些花椒水。

每到冬天，家里除过腌制咸菜和酸菜，妈妈还买一些土豆、大白菜放在窗外阳台下，用旧麻袋盖着，再用旧砖压住。

妈妈特别会过日子，我们的鞋子都是妈妈亲手做。一天下午，阳光透过玻璃洒在妈妈的脸上和身上。她弯着身子，把家里不穿的破旧衣服，用手撕成旧铺衬，用面粉做的糨糊，在一块旧木板上裱袼褙，等晾干后，再层层粘在一起，纳鞋底。我经常看到她把买来的粗麻分好，挽起裤子，把麻分成两小股，右手沾一点水，在小腿上搓麻绳，腿上留下一条一条的红印。做好麻绳后，她把打好的袼褙，按我们鞋的大小剪成鞋样，再用大针、麻绳和锥子纳成鞋底，用袼褙粘上黑布，剪好鞋帮，一针一线地给我们做布鞋。布鞋大多是黑色布面，偶尔也会给我做紫红色布面的，上面还有绣花。

初冬的一天，两个哥哥和他们的同学跑去鼓楼和玉皇阁玩，爬上爬下，游玩中，大哥不小心，被铁丝扎破了母亲刚给他做的黑灯芯绒裤子，他把一条裤腿一直挽到膝盖上。

大约过了三四天，母亲发现了问他："你为什么把裤腿卷这么高？膝盖都冻红了，你不冷吗？"

大哥终于瞒不住了，低下头说："妈，我前两天玩，铁丝把裤子划了一道口子。"

母亲气得拿起鸡毛掸子追着要打他，被爸爸拦住了。"算了，孩子都吓坏了，先看看腿和膝盖冻坏了吗？裤子缝上就好了。"

晚上，在昏暗的黄色灯光下，母亲拿了一根针，穿上一条黑色线，开始缝上那条约七八寸长的大口子，边缝边自语道："舍不得吃，给你们准备了新衣服新裤子，是过年穿的，哪有钱再去买？"边说边流泪。

苦日子什么时候能到头？母亲的泪光我至今无法忘却。

姥姥和母亲都告诉过我："人心向下疼，都爱小的。"

冬天来了，大西北的风没有任何阻挡，大风卷着沙土在空旷的大地肆意狂吼。家家紧闭门窗，北京小铁炉取暖也不够用，炕底下有一个方口，天特别冷时，母亲会从铁炉子里取出烧红的炭火再放进炕洞里，这样我们才不会很冷。

有一天上午七点多了，李阿姨使劲敲我们家的门，没人开，门窗关得很严，窗帘拉着。她警惕性很高，叫人来把门锁撬开，发现我们全家煤气中毒了，她先让人把我们抬到院子里，给我们每人灌酸菜水，还好每个人还能张嘴，喝了酸菜水大口地吐出来，好多了。

头很痛，像是脑袋被棍棒打了，昏头昏脑，很难受。幸亏那天李阿姨来我家找母亲开会。

我们开始检查是哪儿漏的煤气，结果是铁皮烟囱坏了，有几个洞。家里又要花钱了，母亲一脸愁容。

一天傍晚，寒风凛冽，我在大院玩，穿着棉衣棉裤还是不能抵冷。我急忙往回跑，掀开棉门帘，跑到里屋，母亲一个人在铁炉旁，端着一个瓷碗吃东西。我愣住了，看见妈妈独自吃东西还是第一次，因为平日她都是让我们先吃，最后剩下的她才吃。

"妈，你在吃什么？我也要吃。"

母亲脸微红，满脸的羞涩，不好意思地说："这个你不能吃，是李阿姨找来治我抽风病的。"

我走近一看，锅里滚翻着热气煮着带小骨头的肉，很像是兔肉。

我边说边要拿母亲的筷子："我也要吃兔肉。"

这下母亲急了："你不能吃！"

“我饿，我偏要吃。”我噘着小嘴。

母亲说：“这是猫肉，不是兔肉。”

我惊呆了：“你吃猫肉？”我顿时感到屋里有一股酸臭味。

母亲又解释道：“这是偏方，说猫肉治癫痫病。”她端起锅往屋外冰冷的小厨房走去。

后来我都不明白，母亲到底是为了治疗癫痫，还是太饿了。

我的童年伴着轰轰烈烈的“文化大革命”度过。

一个榆树花开的夏日，母亲给我准备了新书包，做了粘胶布的大花连衣裙，买了双白色的塑料凉鞋。

清晨，母亲给我扎好小辫，还用剩下的裙子布料条，给我扎了两个蝴蝶结。天空晴朗，蓝天白云，父亲拉着我去市里的第八小学上学。

学校在离我们家也就三百多米的西北方向，父亲拉着我边走边讲学校的规矩。

我抬起头问父亲：“为什么姐姐哥哥都上第四小学，我上八小？”第四小学是市重点学校。

父亲微笑道：“四小离家远，我不放心你。现在按户口划片，我们这个街道就是八小，也不错。离家近，我可以天天接送你。"

从我家院子的北门出去，穿过一个大院出北门，大院里有一个自来水管，前后院的人都来这里挑水。冬天往往水龙头关不好，流水结成大冰坨。大家担心自来水管冻了，用草绳裹住水管。如果水管冻冰了，还时常要用火烤。每次冬天走到这都要特别小心，怕被白色的冰坨滑倒。走过大院往左拐弯走一百来米的小巷，再往右拐五十多米，再往左走一百多米，右手就是学校的南大门。

杨树整齐地站在学校小马路的两侧，七八排灰砖房有着蓝色的窗户和门。

我的教室在东边第一个门，一年级一班，班主任是王老师，四方脸，不大也不小的眼睛，鼻梁不高，胖乎乎的，北京人，看上去她蛮厉害。

我们班有个男生，个子很高，长我们一岁，是个留级生，姓孙，特别贪玩，总是不完成作业。上语文课时，王老师提问他，他什么都答不上来。

王老师急了："你就长了个大个儿，只知道吃。你就是'墙上芦苇，头重脚轻根底浅；山间竹笋，嘴尖皮厚腹中空'。"

老师的眉毛几乎都竖起来了，咬牙切齿。我吓得不敢喘气，教室安静得如果掉根针都能听到。

老师太厉害了，她的话绝对起到了杀鸡给猴看的效果。

上课时要把手背在小椅子的后背上，发言要先举手，老师进教室全体起立说老师好，请假是报告制度，这些规矩都是从那时开始的。

5

又到了一个大雪纷飞的冬天，那时北方的雪花很大，不管多冷，我们兄妹都要在院子里堆雪人，二哥找两个煤球当雪人的眼睛。

很快要过年了，腊月主要是忙着过年。就像是那首歌谣："小孩小孩你别馋，过了腊八就是年；腊八粥喝几天，哩哩啦啦二十三；二十三，糖瓜粘；二十四，扫房子；二十五，做豆腐；二十六，煮煮肉；二十七，杀年鸡；二十八，把面发；二十九，蒸馒头；三十晚上玩一宿；大年初一扭一扭。"

我儿时最期盼的就是过年，因为过年可以穿新衣服，有肉吃，有饺子吃，还有母亲用油炸的油饼和花花，还有花生、瓜子和糖吃，还可以放鞭炮。一整年我们都在盼望中等待，所以过年显得格外重要。

可是我并不知道，母亲为了让我们过好年，所有的肉票、豆腐票、油票和钱都要省吃俭用攒一年。

母亲每个月会有一天，天不亮就去排长队，买一块钱一副的羊杂碎回来。把羊肠子里的粪便都倒掉，再把肠系膜扒掉一层。寒冷的冬天，母亲会在自来水管旁边接水，不停地洗，洗得羊肠子发白，手冻得又红又肿，还裂了一道道血口子。为了一家人多吃点，再把羊肺洗干净，用嘴把羊肺吹起来，往里面灌面糊糊，再把肺管扎好，放到一个大锅里煮出来以后，把面肺子和羊杂碎混到一起。切成条，做成羊杂碎汤，炸一碗油泼辣子，拌一点酱油和醋，每人一大碗。剩下的羊杂碎煮熟后，母亲会把它放在北面窗子下面的一个坛子里盖好，隔三岔五地吃，多半是羊汤就着玉米面窝头吃，能吃半个月。

我最喜欢吃灌了面的羊肺子，经常在妈妈碗里挑。特别香，坐在小板凳上，手捧着热气腾腾的羊杂碎，就是我最幸福的时刻。

腊月二十三，母亲就开始拿着鸡毛掸子站在两个摞起来的凳子上，把三间房子打扫得干干净净，然后又拿着旧报纸、湿抹布和干抹布擦玻璃，擦得玻璃能照人才满意。

晚上她还要拆洗全家的被子。母亲坐在小铁炉旁边，在银白色的大盆里用一个木头搓衣板双手用力地洗全家人的被子，一个一个发污的被里被洗得发白。

我用小手撩起水中洗衣粉的彩色泡泡，把五颜六色的泡泡吹向天花板，黄色微暗的灯光洒在母亲身上，彩色的泡泡落在母亲的额头，一个个逐渐地灭去。

这么寒冷的冰雪天，母亲却满头大汗，她穿着一件很旧的对襟小褂，汗水把后背都湿透了。

洗完第一遍，母亲起身倒水，又弯下身提起铁炉上刚烧开的水壶，一下子没拿好，滚烫的开水浇落在母亲的脚上，母亲倒在地上的瞬间一边大喊"躲开"！一边用右肩膀推开我。

我眼看着母亲脚上起了许多透明的水疱，她用针刺破了水疱，又涂上"龙胆紫"，用纱布缠上脚。

夜里，母亲突然大叫，等我们拉开灯，她已经犯病了，癫痫发作，口吐白沫，全身抽动，几分钟后才能醒来。

第二天下午，母亲还是自己动手洗了被里和床单，说假如不赶紧洗，天阴，年前就干不了。

吃苦受累好像就是母亲的命，但她却从不抱怨。

第三章

1

冬去春来。转眼我上了小学三年级。

一个冬日的傍晚，父亲告诉我们，我们全家要搬迁到灵武县。三个原因：一是响应疏散城市人口"备战备荒为人民"的号召；二是父亲想离开是非之地；三是他的部下在灵武工作，县政府答应，把我的大姐在军马场的户口与我们一道转去灵武县，并安排工作。

大姐个性强，有自己的主意，她出生于1952年，是家里的老大，干活多，受抱怨多，特别想独立。她从小的梦想就是参军，早日离开家。"文化大革命"刚开始时，她才十四岁，听了宣传，说军马场招兵。她兴致勃勃地跑回家，对父亲说她要报名参军，要户口本。父亲问她是哪个部队？

大姐说："宁夏十三师的军马场，只是穿军装，不戴领章帽徽。"

"我当了一辈子兵，没听说过不戴领章帽徽的。"

"就是的，人家说表现好了，一年以后转正。"

父亲坚决反对，说："你年龄太小，先上学，想当兵等再大些。"

大姐几天不高兴，耍性子。最终偷了家里的户口本去报了名，就这样去了"军马场"。

刚去第一年，在毛泽东思想宣传队唱歌，后来就干农活了，种地、挖渠。大姐后悔了，哭着闹着要回家，但军马场不给户口本，不放人。

儿女选择的错误，大多是由父母承担。

军马场的领导拿着整爸爸的黑材料，说姐姐不是爸爸亲生的，是妈妈与国民党的一个团长的孩子，宁夏解放时，他跑了，妈妈怀着姐姐又嫁给爸爸。

爸妈吵架从来都不回避我们，但是他从不在我们面前提起这件事。

如果姐姐是国民党军官的女儿，她就是"黑五类"，可怜妈妈是国民党团长的太太，又是共产党团长的老婆。

后来隐约听说，爸爸为了娶妈妈受过"党内警告"处分。一是因为妈妈的出身是富农，部队没有批准。二是爸妈结婚时，姥姥让爸爸买一个金戒指和一对金耳环，爸爸没有钱，只好向县上的工商会主席借了一个月，结完婚就还了，被人告发，爸爸受处分，并转业到地方工作。

姥姥还经常骂爸爸是骗子。姥姥分别当过国民党员和共产党员的丈母娘，她哪里知道共产党的纪律严明。

忍辱负重的爸爸打了一辈子仗，与日本人打，与国民党打，四十岁了，最终还是娶了国民党团长的太太，养大了他的女儿，这是不是打不散的宿命或缘分？

我爸爸就是一个大丈夫，有博大的胸怀，无论怎样的磨难，他从没有说过苦，不过妈妈的确是一个朴实的大美人。

2

　　1969年的冬天，在一个寒冷的晴天，我不情愿地哭着告别了顾敏一家人，一辆大卡车载着我们全家的家当，除了行李，最值钱的是一张木头桌子和那把"太师椅"。

　　父亲坐在司机旁边，母亲和我们兄妹四人在卡车外边坐着。西北风像小刀子似的刮脸，我们都穿着棉衣棉裤，我围着围巾，戴着帽子，还是冷得没地儿躲。

　　大卡车开得很慢，摇摇晃晃到了黄河边。

　　那是我第一次感受到黄河结冰的壮观。辽阔的银色河面，寒风凛冽，结着厚厚的白冰。太阳的光芒像利剑直插在冰上，看上去冰冻得很厚，很结实。大卡车直接在冰上开，一长队卡车，开得十分慢，冰路很滑。我有点害怕，担心这黄河结冰的厚度能有几尺？担心一不小心就会掉进一个冰窟窿里。二哥跟我说："放心吧，汽车都能开，你这么轻，没有问题。"

　　我和哥哥在冰面上滑冰，寒风呼啸着从我耳边擦过，我脖子上的一块红色的方围巾被风吹着在风中飘舞。河岸两边，柳树枯枝、干枯的芦苇在河岸边的寒风中摇曳。大卡车摇摇晃晃的，缓慢地前行，地面上的冰薄厚不均。听到冰上似玻璃破碎般嘎吱嘎吱的声音，我始终担心，这冰可千万不要裂开。

那是我一生唯一的一次看到黄河结冰的壮观情景，也是我最难忘的黄河冰上行。

太阳光强烈刺眼，我们不敢直视。我们尽量眯着眼，还是不停追赶它，想离它近些，再近些。

过了黄河，我们的大卡车又摇晃着在小石子马路上往前开。不宽的马路两旁杨树枯了，树上不时有黑色老乌鸦的叫声。

二哥开始抱怨："父亲说，灵武有大苹果、大红枣等好吃的水果，可这儿什么也没有，还这么荒凉。"

母亲说："这是冬天，秋天就有吃的了。"

大卡车终于开进了县城，东西只有一条街，我们从西门进去，家也暂时住在西门旁边的一个招待所。听说县政府花了大力气，把县里最好的招待所拿出来，分给从银川市来的红军老干部，加上我们家一共九家。

我的父亲参加革命早，历史因缘，部队改编，没有参加红军两万五千里长征，著名的三大战役里，他参加了"辽沈战役"和"平津战役"。父亲1933年3月10日在河北开滦煤矿加入中国共产党，从事地下工作。1937年7月煤矿暴动时去了延安，参加抗日军政大学，学习后又回到晋察冀，在河北老家抗日，打击日本侵略者，参加解放东北、华北、西北，后留在宁夏。

父亲性格又倔又拧，但还算命大，参加过许多激烈的战斗，特别是"塔山阻击战""解放兰州战役"，一身七处枪伤，最危险的一处是一块很小的炮弹皮留在了他右侧的太阳穴那里，那是解放兰州攻打白马山时留下的，当时的医疗水平无法取出，小小的弹片伴随了他一生，直至和他一起化成一股青烟。

用父亲的话说，一生八年抗战，又打了四年的解放战争，光是打仗了，老婆都娶晚了。

即使从被认定是"右倾机会主义者"到"文化大革命"时一直被批斗，他也从未对自己的信仰产生怀疑。

我的父亲就是一个硬汉子，他在受到迫害的整个过程中，从没有想过放弃我们。

灵武县城小得就一条马路，从我家往东走，路北有一个大操场，叫西操场，路南有一个汽车队，维修停放大卡车。

过了十字路口，再往东走，路南就是一个电影院，是县城的最高建筑，有七八级台阶，路北有一个邮电局。

那时候，看一场电影一角钱，吃一根冰棍五分钱。记得外国影片只有朝鲜的《卖花姑娘》和《鲜花盛开的村庄》。

我们的新家在县城的西南角，灰砖平房，两个小单间，进门就是炕，炕里有一个洞，烧炕的时候往里放"炸子煤"——一种非常呛的烟煤，黑油油的，颗粒很粗。

每次放煤时，父亲都穿上厚厚的棉衣，从家躲出去。等煤烧红了再回来。

为了贴补家用，母亲在大院的食堂干临时工，一个月二十元钱。母亲会和面，炸油饼。我们全家一两个月吃一次猪肉，素菜也很少。大米和白面、油，一个月供应是有限的，每天大多是玉米面。我和我的两个哥哥能吃上一顿大米饭，放一点白色猪油，再放一点点红色辣椒油，再放一点酱油，就是很香的饭了。能吃饱已经是很高兴的事，特别是我的两个哥哥十几岁，正在长身体，饭量大，但他们每天只有半碗饭。

母亲在食堂打临时工后，我们的生活改善了许多，母亲每周都买一些食堂处理的"高温猪肉"给我们吃。

母亲每晚回到家里给我们做完饭，倒头便睡。一天和三袋面粉，还洗碗打杂。母亲因过于劳累，在食堂癫痫病犯了，正端着一大盆面突然就扔了，躺在地上，口吐白沫，抽风了。食堂的人吓坏了，说如果扔的是一锅油，后果不堪设想，母亲也因此被辞工。

有时母亲肩痛得无法忍受，叫二哥给她拔火罐，她后背上出现紫色的瘀血和淡黄色的水疱后，再让二哥用针把水疱刺破，她说这其中的道理是姥爷说的，经络不通则痛。

我的姥爷大高个儿，很帅。我没见过几次，因为他纳小姜，姥姥不让我们与他来往。

我在银川红砖房住时，记得姥爷来我们家，每次都能看到他眼睛里带着泪花，一副后悔的样子。

姥爷每次来都对我特别亲切，记得我小时候感冒发烧，姥爷就用一束线，扎紧我的胳膊，扎紧以后，用棉花蘸点白酒，把十个手指头擦一下，把一根针用白酒擦一下，用针刺破十个手指头，说是放血疗法。等出一身汗，盖着被子，蒙头睡一觉就好了。

姥爷懂一点中医，如果我们拉肚子，还给我们吃一点点烧过的炭灰，有时是香灰，用水冲喝。

姥爷说，按中医的说法，万物皆分阴阳，万物皆为药。药有个归属，有阴阳属性。炭灰属于阳性，药灰可以医治不同阴阳属性的疾病。现在想起来，从前看见姥爷有时候用不同的灰治病，比如说锅底的黑灰、灶膛的灰，以及果木的灰、麦秸秆的灰，等等。有时候母亲犯癫痫病，姥爷都用灰来当药，还用针来扎针灸。到现在我还不能理解，灰原来也是一味中药。

小的时候，每当我们发烧感冒，妈妈就学着姥爷的样子，用一把线或者是小细绳子，扎紧我们的前臂，让血管暴胀，手指发紫，给我们扎手指头放血。发烧的时候出来的血是黑紫色的，不像平时小刀或者玻璃把手划破的血是鲜红的。至今我也不知道这是什么原理。妈妈还常说，忍住疼，为了治病，你就要忍住疼。

姥爷看病教会了我们忍耐和坚持。

每当姥爷从甘肃酒泉来我们家的时候，爸爸会要求我们做好保密工作，谁都不许告诉姥姥。如果姥姥知道姥爷来我家，非拿着鸡毛掸子追着打跑他不可。

姥爷每次来都帮我们干家务，打扫院子，把水缸的水挑满。这次姥爷临走时又像以往一样，大早起来，去很远的地方挑井水，挑回井水把两大缸水装满，要走时，他流着泪拉着我的手跟我说："再来看你们不容易了，我也渐渐老了。"我哭着把他送到小院的门口，看到他老泪纵横。姥爷高大偏瘦，穿着一件黑色的中式老棉袄，背略弯，身影渐行渐远。

这是我最后一次见姥爷，后来我再也没有见过姥爷。

3

转眼过了一年，一起从银川来灵武县的"八大家"老红军都陆续回宁夏军区老干院了，只有我们一家留下了，父母盼着把大姐从军马场调回来解决工作。

县政府对我们很好，给我们家在灵武县找了个独门独院的三间灰砖平房，在县城的西北角。西操场老城墙根底下，有五排平房，后面有一个大果园。我家在第二排，第一排是刘亚兰家，她父亲是县政府的干部，是河北丰润人。第三排是马伯伯家，他是国民党的团长，马步芳的亲属，属于"黑五类"劳教对象，他负责看管这个大果园，并淘粪施肥。他有五个孩子，他妻子带三个孩子在横山种小米，他带两个女儿在这儿。

这个大操场太大了，最东边有个篮球场，离我家很近的南边有一个农民晒稻子的地方。我家最西边是明代的老城墙，也是我家的西墙。

我家的房子，一进家门是一个大房间，有三十多平方米，有一个锅台，要拉风箱，西边有一个房间是父亲与二哥住，放了两张单人床，最东边一间我和母亲住。大哥参军去了老挝。

父亲隔了一半小院种菜，还养了一头猪，养了一只山羊，父亲年轻时的"南泥湾精神"有得发扬了，常对我们说："自己动手丰衣足食。"

猪圈在城墙根下。父亲常说："后面的马伯伯家是回民，我们要注意民族政策。"

我们孩子之间经常在一起玩耍，但大人们从不来往，见面只是点点头。

马伯伯白天给果园施肥、除草等等，晚上回来给他的女儿玲琪她们做饭，还教她们写毛笔字。那是我第一次见到王羲之体的小楷。

每当我中午吃完饭，放下碗，我就叫玲琪去踢毽子、跳绳，马伯伯一脸忧郁地说："她跟你们不一样，她不能玩，她是山里的娃娃，只有好好读书。"

我回家问父亲："我们有什么不一样？"父亲说："老马是国民党的团长，思想包袱太重了。"从此，我很少找玲琪玩，只有她自己出来才一起玩。

我和亚兰玩疯了，特别是暑假。

爬柳树、藏猫猫、跳绳、跳皮筋、跳房子。

又到了夏天，我上小学三年级，那个小学叫东方红小学，两个哥哥在东方红中学。大姐也从军马场回来，在县城的一个百货商店当售货员，单位给了她一间宿舍。大姐非常勤快，最爱干净，把自己的小屋收拾得非常干净利索，周末休息才回家。

一个阳光灿烂的春天，周日，大姐拉着我出去逛街。在西操场看见三五个农民拉着驴和马在一起，用鞭子赶马和驴，然后他们大笑，我扭过头看，问大姐："他们在干什么？"大姐严肃地说："不许看，快点走。"

长大后，才知道那是马和驴在交配，会生下骡子。

一日下午，我路过西操场，在麦堆下发现了一只趴在地上的小黄狗，哼哼地叫，我把它抱回家，它还是趴着，两眼发直。

母亲说："可能误吃了农民药老鼠的农药，不行了。"

我哭了起来。突然想起，有人不想活时，喝了"敌敌畏"被拉去县医院洗胃的事。我用洗衣粉冲了水，给狗狗喝，没想到第二天清晨，小黄狗好了，父亲答应我留下它，我给它起名叫"虎子"。

没过三年它长得又高又大。只要有人从门口过，它就叫，父亲怕它伤人，用铁链子拴在我家门口的苹果树下。

它越长越凶，半夜常叫，母亲很烦，说狗夜里叫不吉利，还影响睡觉。

一天我放学回来，一进门不见虎子，只见拴狗的铁链子。

二哥对我说："狗让我杀了，准备扒皮吃狗肉，妈同意的。"

我哭着跟二哥打起来，我不吃饭，连天儿地哭，父亲劝我，说担心狗伤人，并同意把"虎子"埋在苹果树下。

我与二哥的不和或许从那时起就埋下了种子。

我是一个大憨憨，是宽容的人，也是一个非常敏感走心的人，好与坏，是与非，我全都铭记在心。

我的学校离家较远，母亲身体不好，开始由父亲接送，后来就让两个哥哥和我一起上学。

我最怕冬天上学，天还黑黢黢的就起床，跟在两个哥哥身后。天很冷，地上结冰，真是伸手不见五指。

学校在一个大土堆的高坡上，一排排的教室，白墙蓝窗。

我还是时常想念银川的老师、同学，特别是顾敏一家人，有时放假，我坐一辆大卡车，去银川看望他们。

再以后，父亲说："不要麻烦人家。"我也就不去了。

4

1971年的"十一"前夕，大西北开始刮秋风，没刮半月的风，黄色的树叶就所剩无几。落叶铺满空旷的院子，一片大西北的秋色。

一天傍晚，父亲的老战友，从宁夏军区来灵武看望父亲，并神秘地说："老张啊，快熬出来了。林彪摔死在外蒙了。逃跑，飞机没油了，掉下来了。"

父亲惊愕道："是真的吗？"

"真的。层层传达，现在到我们这级。"

"老东西们有用了，靠边站的都逐步回到工作岗位上了。"

多年没有见过父亲发自内心地笑了，他们俩开怀地笑出声来。

事后没几天，新华社、《人民日报》就播报了"林彪反革命集团"策动武装政变，阴谋败露，1971年9月13日，林彪携妻子叶群，儿子林立果，叛国乘飞机逃往外国，途中机毁人亡的新闻，后也叫"林彪叛逃事件"，也就是著名的"九一三事件"。这真是死无葬身之地呀。

父亲这才告诉我们韩叔叔那天来就告诉他了。革命老同志们感到大快人心，他们被压抑了很长时间，终于见到了革命的春天。

林彪叛逃事件，客观上也宣告了"文化大革命"理论和实践的破产。

童年的生活，总是离不开"政治运动"。

日子过得真快，一晃我上了初中了，东方红中学，学校四处都是红色的大标语。

教育闹革命，学制缩短，小学五年，初中三年，高中两年。

初中一年级我明显偏科。同学们中间有这样的流行语："学好数理化，走遍天下都不怕。"我喜欢语文，每次上数理化，我都低着头看小说。

几个女同学相互传阅几本小说，书发黄，破旧不堪。有"三花"：《苦菜花》《山菊花》《迎春花》，还有《艳阳天》《红岩》《高玉宝》等都是这样看完的。

我数理化的成绩最高也就七十多分，但作文每次在班里排前三名。

那时读小说，根本不知道看时代背景，只重点看谈恋爱的情节。

所以，我一直认为我们都是看着小说学着谈恋爱，习惯了革命高于爱情，为了革命，任何感情都可以放弃。

"生命诚宝贵，爱情价更高。若为自由故，二者皆可抛。"这至理名言刻在我的脑海里，至今没忘。

我一直在想，"自由"到底是什么，它有那么可怕吗？大家都避谈。

学校老师也分派，造反派、保守派、逍遥派，明争暗斗，天天斗。

5

我的班主任杨绍欣老师是一个保守派，她坚持要读书要考试。

一天上午，杨老师给我们上语文课，她很生气地批评李保富同学，说他不完成作业，经常迟到，上课搞小动作，影响其他同学，不认真听讲，越说越气，让他上讲台右边罚站。李保富斜着眼瞪杨老师，杨老师越发生气，说："自己错了不认错。"

李保富扑上去冲着杨老师的脸打了一拳，杨老师的鼻子流出了鲜血。

我们坐在座位上一动不敢动，班里谁都不敢吭气，杨老师就告到校革委会。

曹校长来了，他高大魁梧，站在讲台上非常霸气威武。

"你们看到李保富是怎么打杨老师的？"

全班四十多个同学鸦雀无声，没一个人敢站出来说实话。

杨老师说："你们难道都没看到他用拳头打老师吗？"说完她委屈得泪流满面。

我懂得她哭的不是鼻子疼痛，真让她痛的是没有一个同学有正义感，敢讲真话。

这时，我站了起来："我看到李保富用拳头打在杨老师的鼻子上。"

曹校长问："为什么打老师？"

我说："因为他没完成作业，上课玩，杨老师批评他。"

曹校长当场批评李保富，让他做出深刻的书面检查，请家长来学校见校长。

学校贴满了各种大字报，每次见到曹校长，他都绷着脸，十分严肃。

从那时起，我的日子不好过了。

一天我上课时，手伸进抽屉拿书，突然摸着一个软绵绵的小东西，低头一看，是一只绿色的大青蛙，有时候就是一条绿色的小菜蛇；有时候一进教室，门上的扫把掉在我头上；还有一次老师进来，全体起立，我"啊呀"地喊了一声，马上坐回椅子上。

老师问我喊什么？这次我不敢说了。

坐在我身后的李保富，把我的长辫子绑在椅背上的横杠上。

我如果再告诉老师，他还会折磨我。

我实在忍不住了，回家告诉父亲，父亲让两个哥哥下课时去班里找李保富谈谈，从此太平了。

可是我黑白分明，有话直说，像父亲的性格，从未改变。

少年最快乐的日子是我加入了学校的毛泽东思想宣传队，三十多人的乐队只有五个女生。乐队有西洋乐乐器，也有民族乐乐器。本来我喜欢的乐器是钢琴，因为没办法搬到外面演出，老师让我学了中国民乐乐器扬琴。每次演出我都坐在正中间，我敲一下琴演出马上开始。

我们乐队的两位老师很有特点。金老师，四川人，个子不高，经常戴鸭舌帽，中央乐团的，据说因为家庭出身不好，又是右派，被组织下放到宁夏，他从不乱讲话，说话声小，不与人争执。

王老师瘦高，背略有点弯，眼睛微鼓，戴了副高度透明近视镜，教数学的，爱好乐器，自学拉二胡。他负责每天下午课外活动的乐队练习，他非常严厉，脾气大，只要我打错了，他会瞪着金鱼眼，拿着指挥棒，敲我的扬琴："走神了，走神了。"只要他发火，金老师就低着头走开。

金老师教我们识谱及演奏，王老师负责带我们训练。他俩很少交流，但配合默契，相互不欣赏还能合作，真是高手。

王老师总是操着江浙口音的普通话，对我们念叨，"一寸光阴一寸金，寸金难买寸光阴"，"天生我材必有用"。他的口头禅就是"不要混日子"，他对我们识简谱的要求总是像一个数学老师，像逻辑推理那样的严谨和认真。

偶尔我们要撒赖，课外活动不想去练琴，他会让我们乐队的同学挨个去叫。每次看到他透明眼镜后鼓出来的金鱼眼，我都不敢抬头。按照他的要求，我晚上回到家中还会练琴，关了灯，用毛巾把琴盖住去练。

王老师做事认真的作风影响着我，在少年时期给我打下了基础，虽说高中毕业以后再没有回到过那个琴房，再没有见到这位王老师，但他对我的影响是一生的。如果说王老师培养了我严谨认真的习惯，那么金老师培养了我对理想的追求以及精神上的浪漫。

在西北的冬天，晚上演出回来，我们乐队的三个女生还有两位唱歌的女生，五个女孩，经常去金老师那间十几平方米的小房间。我们在那里化妆、卸妆、分享金老师酸甜可口的四川泡菜，里面有红萝卜、生姜、莲花菜、黄瓜、大白菜、萝卜等，大家抢着吃，作为演出的一种奖励。以后再吃韩国泡菜、东北酸菜，都没有金老师自制的四川泡菜那么香。

两位老师对我的言传身教，培养了我对文艺、音乐的热爱。

6

在我的记忆里，我的幼年、童年、少年充满了政治运动的色彩，尤其是童年时代，我经历了"文化大革命"，和小伙伴去鼓楼看大字报，我虽然认字不多，但正是通过大字报认识书法的。

我们在"文革"中唱着革命歌曲，看着大字报，半夜还经常被大喇叭叫醒，上街游行，热烈庆祝伟大领袖毛主席又发表了最新指示。

记得最清楚的一首词：

念奴娇·鸟儿问答

鲲鹏展翅，九万里，翻动扶摇羊角。背负青天朝下看，都是人间城郭。炮火连天，弹痕遍地，吓倒蓬间雀。怎么得了，哎呀我要飞跃。

借问君去何方，雀儿答道：有仙山琼阁。不见前年秋月朗，订了三家条约。还有吃的，土豆烧熟了，再加牛肉。不须放屁！试看天地翻覆。

大多不懂什么意思，听到"不须放屁"忍不住想笑，不敢笑，怕同学告发：嘲笑伟大领袖毛主席，那是严重政治问题，谁笑谁就是小反革命。我紧张得怕笑出声来，只好用右手掐左手，掐疼了才克制住笑，手背上被掐出一个个深深的指甲印，发红发紫。

我童年学会的第一支舞蹈就是"忠字舞"，脚走"十"

字步，双手高举跟着脚步扭动，嘴里唱着："长江滚滚向东方，葵花朵朵向太阳……"

第一次知道派性斗争是通过大人们解读大字报上的内容，我知道了走资派、保守派、造反派和逍遥派。

我有所接触的是上中学的时候，学校也是分为两派，造反派和保守派，大概来说，造反派要停课闹革命，保守派就是要学习要考试。

父亲的退休工资是八十八元七角二分，出西操场的小东门约二百米就是县政府，每次我去县政府领取退休金，阿姨都会拿出一个黄色的牛皮纸信封给我装好，又用胶水封好，上边写上父亲的名字、钱数，又叮嘱我："不要去玩，先回家。"

时间长了，她也放心了。

回到家，就和父亲商量钱的分配，把要购的油、盐、酱、醋、米、面、菜的钱拿出来后，也只有二三十元当作全家人的零用钱。

西操场上有工人做的水泥预制板，需要有人天天洒水。母亲非要去打临时工，一个月十五元钱。太阳太晒，怕水泥裂，母亲就天天在那儿用喷壶去给预制板浇水。她早上五点钟戴着草帽出门，一直到太阳落山才回来，给我们做晚饭。

每天晚上，操场上的大喇叭还播放各种革命歌曲，特别是《大海航行靠舵手》：

大海航行靠舵手

万物生长靠太阳

雨露滋润禾苗壮

干革命靠的是毛泽东思想

鱼儿离不开水呀

瓜儿离不开秧

革命群众离不开共产党

毛泽东思想是不落的太阳

歌声震耳欲聋，母亲却倒在炕上发出了轻微的鼾声。也就是八点多钟，她已进入梦乡。因为大喇叭无冬历夏，都是晚上九点才停播。

夜里我时常被母亲的惊叫吓醒，我打开灯，她已口吐白沫，牙齿咬着舌头，抽了起来，癫痫病又犯了。我大呼父亲和哥哥们来救母亲，他们说：不要动，让她抽吧，侧过身，别抱着她。有时候发病来得急，就往她嘴里放一个东西，避免她咬到舌头。

我们看着母亲痛苦的样子，却没办法帮她。每次她发完病，舌头都烂了，有时严重，第二天得躺半天，有时发病的时间短，过一会儿，她就起身照旧干家务活。

我经常担心母亲犯病，不忍心看她痛苦挣扎的样子。我的童年始终没有安全感，所以我一生都有危机意识，怕没饭吃，怕被别人陷害。

一个秋天的下午，太阳不是很晒，母亲被西操场工地的工人抬回了家，她呻吟着喊痛，被拉去医院拍X光片，胳膊和小腿骨折，头骨裂缝。为此我们让母亲辞了临时工，还花了很多医药费来治疗。

母亲一生，全身几乎都有过骨折。她就是这样跌倒了再爬起来，用她柔弱的肩膀扛起我们这个家，保护着她的儿女。

又是一个秋天到了，为了改善我们的伙食，家里又养了一头小猪崽，母亲去食堂挑泔水来喂。

还养了一只山羊，我特别喜欢，每到放学，放下书包，我就拉着山羊去果园。我家后面的果园特别大，有苹果树、梨树、枣树等，秋天的时候，整个果园结满了果实，红元帅、黄元帅大苹果，黄色的大鸭梨，还有脆甜的蚂蚁枣。

果园一般不让人进去，但马伯伯愿意让我进去。

父亲告诉我："不拿群众一针一线。"园子瓜果熟时，他从不让我去果园里。等秋收时，他会买一筐苹果、梨、大红枣回家。

秋风扫落叶时，白山羊在树下吃枯黄的树叶和草，我看着城墙发呆，盼望着自己快些长大，长大后一定学医，当医生，给父母治病，不让他们再被病痛折磨，这么痛苦。有时候，我会自己唱歌，我不唱学校的革命歌曲，还是喜欢唱一首我最喜欢的抒情歌曲《听妈妈讲那过去的事情》。

"月亮在白莲花般的云朵里穿行，晚风吹来一阵阵快乐的歌声。我们坐在高高的谷堆旁边，听妈妈讲那过去的事情……"

山羊好像能听懂我的歌声，它走近我，看着我深情地"咩—咩—咩"叫几声。我会用小手摸它的脸，手捧着金灿灿的黄叶喂它。山羊知我心。

养山羊是为了给父亲挤羊奶，他身体一直不好。

冬天快到了，父亲又会不停地咳嗽、气喘，每次咳，像是要把肺叶咳出来似的。

我的童年和少年时代就是在父亲不停的咳喘和母亲不停的叫喊惊厥中长大的。

7

1975年的秋天，灵武县在北门外的北沙窝盖了一个老干部休养所，在县城的北端，马路的西边，一个大院子，门口有一个小渠沟，渠水清澈见底，自东向西哗啦啦地流，秋风刮过时，大杨树的树叶碰树叶沙沙作响，有时喜鹊，有时乌鸦，常常落在树枝上鸣叫。

大院共有六户砖红色的砖房，我家在东边第三排，有四间房，每间房约二十平方米，小院约有二百平方米，那是我有生以来与父母住过的最好的房子。

父亲为搬新家，把所有攒的钱拿出来，让我选家具，还做了一套浅黄色水曲柳木头家具。

那是我十五岁以来，第一次看到我家买新家具，一张

073

双人床，两张单人床，一个书架，一张饭桌，四把椅子。

父亲说："革命一辈子，终于能给你们一个比较大的房间，有一张独立的书桌，好好学习。"

家庭负担渐渐轻了，大姐已经结婚，大哥当了汽车兵，去了老挝，二哥下乡，三年后在灵武邮电局工作。只有我上高中，父亲经常感叹道："老张家都是大老粗，没文化，你一定要上大学。"他特别喜欢读书人，有文化的人，天天盼我能考上大学。

我们终于搬进了有独立院子的红砖房，白墙，地面是小灰砖，每个房间都有窗户，很透亮，母亲高兴得把门框玻璃都擦得锃亮。

厨房在院子里，每次做完饭要端进来吃。

我们家的对门是兰州军区的离休老干部梁叔叔一家，他家有两个女孩和一个男孩。

我们两家关系很好，天天来往。

刚搬进新家两个多月，十二月初父母都患了重感冒，或许是新房屋里潮湿，北京小铁炉在二十平方米的房子里一点都不暖。

但母亲发着高烧还是坚持起来给父亲做饭。

对面梁叔叔的小舅子是626医院的夏副院长，他请了医生给父母治病，在家输液、输氧气，但没两天，父亲的病却越来越重，一辆救护车，拉着我们去了银川第五军医院。

送进医院就开始抢救，医生们说："这次不行了，需要切开气管吸痰，输氧，打强心针。"

从早上抢救到夜里，父亲走了。

我们哭着送别，我跑到院子里，抱住大枯树大声喊："爸爸！"哭干了眼泪。天上的月亮惨白，寒风枯树，一片凄凉。

谁也帮不了我们，那是我第一次感受生离死别的痛苦。父亲生前最偏爱我这个小闺女，我无以回报。

父亲就是苦命人，刚有了一个大房子，他老人家看了一眼，就撒手走了，也就六十多岁。

因为父亲的去世，县政府让家属提条件，有困难就帮助解决。为了不让我下乡当知青，大姐劝母亲让我不要继续上学了，还是先工作吧。

我去了县政府的人事局，看在父亲是老革命的分上，他们对我非常好，问我："有三个工作，你可以选。一是县政府的打字员；二是灵武绒线厂；三是灵武县医院。"

接着又说："你可以用你爸爸的干部自然减员的指标，来县政府先当打字员，以后可以当干部。"

我说："谢谢叔叔！我想学医，长大为很多像我爸我妈这样的病人看病。"

我那时根本不懂什么是医生，什么是护士，以为都是学医的。

县政府的工作效率真高，三个月后，1976年的3月，我正式参加工作，还不满十六周岁。

我的少年时代因父亲的去世而结束。

8

到灵武县医院当护士后，因离家远，医院给了宿舍，两个人一间。

我又搬进了红砖房的宿舍，我的室友加闺蜜牛红是瓜子脸，杏核眼，身材瘦高，又漂亮又能干。

我培训了三个月，当了护士，开始独立值班了。

县医院刚盖好三层灰色青砖楼，一个内、儿科病房，五十张床位，妇、外科也是五十张床位。

上大夜班，晚上八点到第二天早上八点。

晚上九点钟给病人发完药，打完针，测体温。

如果没有突发病人，就坐一夜，护士不能睡觉，医生有值班室，有事可以去叫醒。

每到冬天，暖气不好，我穿着厚毛衣，再穿上棉服，再穿上白大褂，熬到后半夜，才能趴在桌子上眯一会儿。

这个县城的小医院，医生大多是上海医学院、北京医学院家庭出身不好的大学毕业生，毕业之后被分配来的。

一天中午，在食堂吃过中饭，张大夫说让我去他家一趟，他是东北人，哈尔滨医科大学毕业，他的夫人是妇产科的李大夫。

他认真地说："你这么小，正是上学的年龄，好好复习准备考大学吧。"又借给我一套《莎士比亚全集》。

我手捧着已经很旧的有着暗红色硬书壳的书，打开一看，原来是剧本，我哪儿看得懂。《哈姆雷特》《奥赛罗》《李尔王》，硬着头皮往下看，还要经常借助《新华字典》，最难记住的是那一大串字的外国人名。

我不敢不认真看，怕遇上张大夫值班，一问三不知。张大夫又瘦又高，驼背，一张又长又尖的脸，细长的小眼睛，架着那副黑边眼镜，他张着大嘴开怀大笑时，我有点紧张，不知他是在嘲笑我，还是幽默风趣。透过他的眼镜看见那双睿智的小眼，我能感到他那颗充满希望和善良的心。

我害怕他是因为怕他失望。他经常讲，他是哈尔滨人，有两个妹妹，小妹妹与我一样大，在复习考大学。他说我这个年龄正是上学的时候，不能学习多可惜。

在漫长的冬夜，这本莎翁的《莎士比亚全集》和一些外国小说把我带进文学的殿堂，让我的冬天没有那么寒冷。

那时没有读懂莎翁，我也背不出他的语句，但是后来，我看曹禺的《雷雨》和老舍的《茶馆》，都能看到莎士比亚的影子。

还有内科的卢大夫，他和夫人都是上海医学院毕业，因家庭出身不好，两人一起分配到灵武县医院。卢大夫个子不高，戴着一副金丝框眼镜，温文儒雅，非常聪明，讲一口上海普通话。

每到值夜班，他都给我补习数学，从初中的三角形、勾股定理讲起，并布置作业，过三天后一起值夜班，他再认真地给我批作业，讲新课。

可惜，我离开灵武后再没有见过他们。

第四章

1

1978年，父亲的老战友找到了我们，我们搬回了银川，我也到宁夏医学院附属医院的手术室工作。

这个省医学院的附属医院大多了，有内科、腹外科、脑外科、妇产科、耳鼻喉科、眼科、骨科、烧伤科等，手术室有十二间。

这里的医生护士大多是中年人，主要是北京、上海、广东、武汉等大城市的医学院来的，还有协和医科大学硕士、博士连读八年毕业的高级知识分子。还有些地主、资本家的孩子，都很有气质和风度。男的骨子里风流倜傥，是潇洒的少爷样，不管穿什么旧衣服，也掩饰不住内在的气质。女的都漂亮有才，是美到骨子里的美人坯子。他们个个儿医术高超，全是科室的主任或副主任，是业务骨干。工农兵学员无论是长相或才学都赶不上他们。

多年以后我才知道这是教育的魅力。

在这种氛围下，我发自内心地想考大学，想当医生。

我刚去医院，就遇上一个凄美的爱情故事。

夏天，一个周五的上午，妇产科的周菲秋大夫来手术室送她的结婚喜糖。

我吃着喜糖，看护士长还有老一点的麻醉师都眼泪汪汪的。

周大夫看上去四十多岁了，中等个儿，小圆脸，圆眼睛，皮肤白里透亮，看上去纯洁干净。她说话声音很好听，又细又温柔。

我好奇地问护士长："周大夫怎么这么晚才结婚？"

护士长说："这是一个一言难尽的爱情故事。"

虎子，我们手术室一个漂亮的女护士，业务特别干练，拉着我说："我们去检查一下明天胸外科手术的器械准备得怎样了。"

出了辅料室，她说："别问护士长，她心里也很苦，我告诉你。"

护士长是协和护校毕业的，因家庭出身不好，1964年"四清运动"时被发配到宁夏军区。她长得像电影《安娜·卡列尼娜》里演安娜的那个演员。小个子，特别干练，离了婚，一个人带大了女儿，从不向生活低头。她总是盘着高傲的发卷，从未见过她落下一绺头发。小瓜子脸，小巧下巴，总是昂首挺胸，年轻时不知有多漂亮呢。三十岁离婚，一直没有再结婚。其他护士告诉我，护士长心里住着一个人，这个人是谁？是秘密。

2

周菲秋大夫是武汉医学院毕业，1968年因家庭出身不好，分配到我们医院妇产科。

她刚来不久，有一次做妇科手术，是一个子宫全切术，周大夫给吴主任当助手，手术做完就一见钟情看上了吴主任。

"是妇产科胖子吴子成主任吗？"

"是的。可是吴主任已经结婚了，有两个小孩，一个儿子，一个女儿。他夫人是儿科主任聂燕梓，全医学院最美的古典美人。中等略高的个子，瓜子脸，柳叶眉，杏核眼，樱桃小嘴，梳了两根齐腰的大辫子。喜欢穿红色开衫毛衣，藏蓝色的呢子裤子。'文革'前期，听说宁夏的省长住在高干病房，为了看肤如凝脂的聂大夫一眼，拿着苍蝇拍去儿科病房打苍蝇。"

哈哈！我们一起笑出声来。

聂大夫和吴主任是武汉医学院同班同学，因吴主任家庭出身不好，成分是地主，毕业分配到大西北。聂大夫是军区副司令员的女儿，完全可以留武汉医学院工作，为了爱情，背离父母，要求与吴主任一道来到这里。日子过久了，聂大夫不自觉地有一种优越感，吴主任把家务活全承担起来。

周大夫爱上吴主任以后，别的男性谁都不找。"文革"中吴主任和周大夫去看电影，被人看见，告到医院党委。院党委找吴主任谈话，团委找周大夫谈话。没一周时间，吴主任被下放到固原县医院。

"这么有才，太可惜了。"我叹息道。

周大夫倒是留了下来，但要经常写检查，与领导谈话。

大约不到一年的时间，周大夫经医院的好心人介绍认识了一个对象，是宁夏省话剧团团长叶鹏，他夫人去世。叶团长一眼就喜欢上了周大夫，认识一个多月就准备要结婚了。

医院吴主任的朋友把周大夫准备结婚的消息告诉了吴主任。吴主任听说后连夜坐毛驴车，又搭手扶拖拉机赶回银川，浑身沾满了稻草，风尘仆仆地跑去周大夫的宿舍。他敲开周大夫的门，当时叶团长也在。吴主任双手拉住周大夫的手："周菲秋，你是我的！"随即两个人抱着哭了起来。爱情折磨人，爱隔着万重山，有时爱又能踏平万重山。

叶团长站起身来说："我退出！"提起准备结婚的大箱子就走了。

当时是"文革"后期了，医院缺人，吴主任又被调回来。

聂大夫也听说了吴主任和周大夫相爱，一气之下申请调回武汉医学院，带着两个孩子回武汉了。

每当吴主任上手术台，中午没吃饭，周大夫就过来送饭，这在当时属于半公开的关系，不少人都知道。

吴主任向聂大夫提出离婚，开始聂大夫不同意，过了两年，聂大夫告诉吴主任她患了乳腺癌，已经到了晚期。

吴主任心软了，他和周大夫俩人想也就再等一两年的时间。

没想到聂大夫治疗恢复得很好，又活了十年多。

周大夫等吴主任快二十年，这个"小三"被大家认可并同情，聂大夫也可怜。三角恋就是伤人的事，必有人受到伤害。

我听完虎子讲的真人真事，感动了。虎子叫虎青青，是个回民，她泪花打转，我心里也感到震撼。知识分子谈恋爱都和普通人不一样。

我想到林徽因和梁思成、徐志摩、金岳霖之间的那段爱情故事，他们谈恋爱浪漫又固执，千万别爱上，一旦爱上了，就像物理学的量子纠缠一样，不管能不能有结果都死磕一辈子。

吴主任和周大夫结婚了，也调回了武汉医学院。周大夫四十多岁了，一生没有自己的小孩。

后来，麻醉医生林大夫有一次去武汉医学院参加学术会议，她去看望了吴主任和周大夫。

大家问："他们过得好吗？"

林大夫说："还是那么相爱！"

"你怎么知道？"

"从他们俩的眼神里能看出来。"

"什么眼神？"

"爱慕，就是爱！吴主任说话总是看着周大夫，坐在她旁边的椅子上，他把手放在她的手上，似乎怕她跑了。"

多么不容易的爱，的确值得珍惜。

世界上有多种爱，伟大的母爱是动物的本能，是血缘的关系。爱情神奇的是毫无任何关系的男女，在偶然的机会里遇上。爱上不容易，能坚持一辈子多么难啊，神秘的人啊，神秘的爱情。

3

夏日的一天早晨，我上一台脑外科手术当器械护士。

主刀是宋家仁院长，他毕业于北京医学院，"文革"时被分配到宁夏医学院工作。他五十多岁，总是笑眯眯地眯着一双智慧的大眼睛，满脸的粗皱纹，文学修养极好。每次手术前做准备，就是宋院长与我谈文学的时刻，那是一种精神的愉悦和放松。

　　阳光穿过窗外的杨树枝，透过玻璃斑斑点点地洒在我们身上。

　　宋院长问："最近在读什么小说？"

　　"《简·爱》。"

　　"你可知道她们三姐妹都是文学天才？"

　　"我看过两部，《简·爱》和《呼啸山庄》。"

　　"另一部是《艾格妮丝·格雷》。"

　　"那部我没看过。"

　　宋院长谈起文学时兴致勃勃。

　　"你读过法国著名女作家乔治·桑的回忆录《我的一生》吗？"

　　"没有，我读过她的小说《安蒂亚娜》。那时的人都在追求独立与自由，充满了热情和反抗精神。"

　　他哈哈大笑，自语道："行啊，我想难倒你，没想到这你都知道。"

他神秘地笑道："你知道乔治·桑一生爱的是谁吗？"

"不知道。"我的脸开始泛红，心想一个大院长，关心人家私生活。

他开始侃侃而谈："乔治·桑爱上比她小七岁的钢琴家肖邦，他们同居的十年是肖邦音乐创作最辉煌的时期。他们分开后，肖邦为乔治·桑写了一首《升C小调圆舞曲》。"

他又问我："你知道他们为什么分开吗？"

我看着他，睁大眼睛，认真地说："不知道。"

"根本原因是他们两人的爱情与国家大义之间产生了矛盾。肖邦为了救赎华沙起义失败后波兰的进步人士，开音乐会巡演挣钱。乔治·桑不同意，不想让肖邦参与政治。肖邦不听乔治·桑劝阻，还是先后在罗马、柏林、维也纳等地演出，筹集了很多钱，因太过劳累，加上肖邦本来身体就不好，最终病逝于巴黎。"

我遗憾地看着宋院长说："太可惜了。"

我由衷敬佩宋院长，顺口说："您是学医的还是学文学的？"

哈哈哈！旁边的几个大夫开怀大笑。

大家不敢说的话让我说了，但我真是没有贬他的意思。

"我是正规北京医学院五年毕业的，不过小说从上初中就开始读。"宋院长抬起头，认真地对我说。

他的助手胡大夫说："你可不知道，宋院长经常在报纸上发表文学评论呢！"

我看着这个早衰的小老头，五十多岁，背微驼，头发稀疏灰白，满脸皱纹，休息时经常开怀大笑，做手术时认真严肃，如果把器械递错了，他会把血管钳子扔在地上。

每周三或周五上午，他都有一台脑外科手术，他带助手做，二楼医学院的学生观摩。他每次都要求我，如果明天上手术，必须把手术从切皮开始的每一个步骤都背下来，记清每一个步骤用什么器械。要是血管钳递短了，大夫很可能夹不住血管，病人瞬间大出血，有危险。反应要快，要敏捷，这也练就了我急脾气的性格。

我每次按照他的教导背手术步骤，并把上台的器械，或者他特别提出要用的器械打包消毒备好，很少被他训斥。有一两次站了几个小时累了，递错了器械，他看我一眼，说"换一个"，我就赶紧说"抱歉"。

有一次我加班后休息，小哈上手术台。第二天上班，同事告诉我，昨天宋院长脑外科手术，小哈做器械护士，做右半脑深部时，需要大号爱利克斯止血钳夹"花生米"（硬棉球）止血，小哈递了一个中号的，导致病人大出血，血溅到院长的眼睛上，宋院长踢了一下小哈，下手术台后，又训了护士长："我脑外科手术必须配专业器械护士！"

以后，大都是我配合，而每次手术前后都是我最快乐的时光。

他有时像个老小孩："你不要以为你读书多，我说的乔治·桑和肖邦的故事你就不知道。"

"我才不感兴趣别人的私生活。"我微笑道。

大家知我口齿伶俐，反应快，院长欣赏。

后来，有护士告诉我，暗恋宋院长的人里有我们护士长，还有外科的欧护士，欧护士三十岁了还不谈恋爱，经常看外国小说。我很喜欢欧护士，她个子不高，头发高高盘起，走路优雅，双眼皮的大眼睛微眯，有长长的睫毛。

我们宋院长不修边幅，大大咧咧，头发花白，喜怒哀乐全写在脸上，喜欢他不喜欢他的人都叫他"才子佳人"，他的名字叫宋家仁。

一天我和麻醉医生值夜班，宋院长也值大夜班，他溜达到手术室来。我犹豫了好久，把我的理想告诉了宋院长。

"院长，我想考大学，前两年没考，后悔了。"

宋院长一愣："好啊，你就报考咱们医学院，我看你麻利，反应快，以后毕业搞小儿外科就很好。"

"院长，我数理化不好，一定考不上医学院，我想考文科。"

"不行！你好好准备，如果考医学院，还可以带工资上学。"

他很认真，不开玩笑，一点余地不留地走了。

后来，我调出了宁夏医学院，去了宁夏工学院，后考上了宁夏大学政史系。

我离开宁夏医学院附属医院时，恋恋不舍，不舍我住了四年的三层红砖木地板小楼，不舍我不分白天黑夜工作过的十二间手术室，不舍与我聊天时培养我文学素养的宋院长。

我很矛盾，非常想去宋院长的办公室去感谢他并与他告别，但走到门口又退回来了，不知道与他说什么。

过了三十多年后，我的闺密牛红给我打电话，她来北京了，给宋院长交住院费，他患了脑瘤，住北京的宣武医院，问我要不要去看看。我说去吧，快走到医院大门口时，小牛告诉我，宋院长看不清人了，未必能认出我。

我停下来，犹豫了一会儿说："牛红，我不上去了，我看到他会很难受。"

人们都说，好人有好报，坏人不长久。宋院长一生救了多少病人，特别是脑瘤患者，最后，他自个儿患了脑瘤，真是造化弄人。

我不知道为什么当时做出了这么狠心的决定，后来再没见过宋院长。如果他在天上化成一颗星星，会知道我心中的感念。

那些年的手术室中，医学的严谨和文学的美好永远留在了我的记忆里，伴随我的一生。

4

初春，我结婚了，我二十三岁，丈夫二十五岁，他是省电台的记者，我们有共同的文学爱好，但我们个性都很强。我们俩一起穿着米色的长风衣，谁见了都说般配，但因为我们争强好胜的个性，有什么事谁都不让谁。

转年的初春，我生下一个宝贝女儿。

验B超时说是男孩，结果生下了一个女孩，丈夫想不通，一脸不高兴。月子里他都是早出晚归。我哭了很多次，还好我们有一个三十八平方米的一室一厅的小家，给了我一些依靠和慰藉。

婆婆帮我们买了一个十八英寸彩色电视，近三千元。我和爱人的工资每月每人五十一块六，不吃不喝也买不起电视机。

小孩刚满月，又一次吵完架，我气得跑到外边坐在小河边哭泣。一直过了几个小时，奶水涨得顺着衣服向下流，又心疼女儿饿了，只好收起面子，自己回去给孩子喂奶，一进门听到女儿嗓子都哭哑了。

从那时起，我抱着她下定决心，此生无论遇上什么困难，我都不会放弃她。

不久，我患了"大叶性肺炎"，晚上给女儿喂完奶，去医院，朋友给我输液加红霉素，肌肉打青霉素，一天打三次，有两次我自己给自己打针。因为女儿没人带，我休了半年产假，在家自己带孩子。

我每天把她放在小木车里，推着她去买菜，回来给她做辅食，她吃剩下的我吃。

那时没有减肥，我一米六八的身高，只有一百零二斤重。

一天下午，我的第二篇短篇小说要在省一级文学刊物《朔风》上发表了。我和丈夫去拜见《朔风》的总编辑，杨仁山先生。使我惊讶的是，他的家是个小平房，在一个小巷里面，只有约二十平方米。他夫人是一个大学的数学教授，非常贤惠。我们进去后，她先是给我们沏茶倒水，然后去了拉着帘子的里屋。

杨老师与我们俩交谈。他是浙江杭州人，个子不高，清瘦，小眼睛，气质儒雅，说着带有杭州口音的普通话。他给我们讲莫泊桑的《项链》，契诃夫的《小公务员之死》，接着又讲了张贤亮的作品，分析张贤亮的小说。张贤亮第一次发表在《朔风》上的中篇小说《邢老汉和狗的故事》就是杨仁山老师当总编辑时发现的，从此改变了张贤亮的命运，给了他一个发表的平台。

在我们人生的成长中，有很多的伯乐，在每个阶段有不同专业领域的伯乐，遇到了就是你的幸运。

不知不觉我们就谈了三个多小时，早过了给孩子喂奶的时间，我的乳房膨胀，奶水像泉水一样，一股一股透过白色衬衫往外流。我很尴尬，丈夫看了我一眼，我想我应该找一个卫生间去把奶挤出来。

我走到胡同深处的一个公共茅房。我没想到20世纪80年代初期，一个省刊的总编，会住在这样一个小平房里，还得跑公厕。那时候的茅房很脏，就是土坯的蹲坑。我忍住恶心，在茅房用卫生纸把奶水挤出来，把奶挤空了一半，奶水不往外流了，但是我的衣服上已经结了白色的奶痂，前胸湿透了，只好回家。

我们匆匆告别了杨老师。与杨老师那一别，我在后面几十年里再没有见到他。后来我跟宁夏的老友打听，听说他离开《朔风》编辑部到了深圳工作，后来又回到浙江的文学刊物。

其实，我知道我写的两篇短篇小说很幼稚。杨老师是在给我上文学课，在鼓励我。如果没有那两篇短篇小说的发表，我可能就没有想当一个作家的理想。

多年以后，每当我拿起文学作品的时候，我就想起杨仁山老师。每个作者的成功背后都有一个鲜为人知的伯乐，运气好，遇上一个甘为人梯的好主编、好编辑。

我天天盼着女儿快点长大。白天女儿中午睡觉时间特别短，她睡了我也不能睡，还要做一些家务，洗尿布、洗衣服、拖地。

我和丈夫不像恋爱时那样经常谈文学了。没有了当初一起谈文学、读小说的浪漫。经常为谁做饭、谁买菜、谁洗碗这样的家庭琐事吵架，几乎是每天一小吵，一周或半个月一大吵，日子过得一地鸡毛。

女儿十一个月的时候开始学站立，学走路，我每天都要弯着腰拉着她练习走路。

终于快一岁了，一天我带她去买菜回来，在楼下，她突然会走了，踉踉跄跄地走了几步，我笑得坐在了地上，喊我的闺密："牛红，丫丫会走路了！"我高兴得眼泪都笑了出来，终于熬出头来了。

这时我的奶水也越来越稀，母亲说，我的奶营养不好，孩子又瘦，该让孩子吃主食了，要我断奶。开始我听说可以去医院打一针回奶的针，就没有奶水了。母亲说打针不好，她生养了四个孩子，从没有打过针。母亲坚持让我自然断奶，还说你要下得了狠心，就在乳头上抹一点辣椒油，孩子吃一口辣，以后就再不吃了，把奶憋回去。我坚决不同意。

母亲陪着女儿在一个房间，我在另一个房间。白天还好，到傍晚的时候，女儿就喊着妈妈要吃奶。女儿在外屋哭，我在里屋哭，我胀了一天的乳房又红又肿，似乎要把血管和皮肤胀裂。我疼痛难忍。我听到女儿在外面嗓子都哭哑了，不停地哭喊着妈妈，实在是忍不住，几次都想冲出去给女儿喂奶。母亲说："你要冲出去，前面你和女儿的罪就白受了，忍着！再坚持两天就好了。"第二天女儿又是哭闹着找妈妈，母亲把她抱到外面去，不让我听，不让我看到她。我的乳房肿得像个小西瓜，又疼又胀。我自己拿热毛巾热敷，也悄悄掉眼泪。自己又心疼女儿。这样坚持了三天，女儿断奶了，但是我发高烧，得了乳腺炎。又跑去医院，还是打了回奶针，吃了消炎药。后来我的乳房里总是有疙瘩，还疼，医生说是乳腺结节。过了好多年，我的好友告诉我，可以吃逍遥丸加六味地黄丸，我吃了有一个月，逐渐好了。

天下的母亲为儿女受一切的苦，都是心甘情愿的。

5

我去宁夏工学院团委上班了。

这个20世纪80年代初建的理工大学，坐落在贺兰山下，新市区新修了第二条笔直的柏油路，马路两边种着杨树，杨树长得快。

这里一切都是新的，是宁夏唯一的一所理工大学，建了一幢七层灰砖楼，没电梯。老师大都是1977级、1978级、1979级的大学或研究生毕业的年轻人，行政办公人员都是新来的，新组建的大学，充满活力和朝气。

年轻老师大多是上海交通大学、华中理工大学、西北交大、清华大学毕业的，他们的父母有知青，有支边的，也有因家庭出身不好20世纪50年代到西北工作的。

从上海、北京、广东、武汉、西安等毕业回来的各个青年才俊，不仅专业好，而且多才多艺。

我在团委工作，除学习外，主要搞活动，活跃教职员工的生活，增进团结和凝聚力。

学校很空旷，只有两排平房教室，一大片土地，路边稀稀拉拉种了几棵杨树，最南边盖了一座六层行政大楼。只要是晴天，每个夜晚都能看见不一样的月亮和星星。

每周五晚上都会在平房的会议室搞一次交谊舞，我给他们组织起来，跳两支舞曲，就溜回家了，因为女儿还等着我。

每周三下午半天，组织打一次桥牌，这些学理工科的老师，脑子特别灵。从中午食堂打上饭，就在我们办公室开始，八个人两桌。我就是那时学的桥牌。我本来不喜欢数学，打牌全凭感觉。

从上海交大毕业回来的韩老师，每周五下午三点，讲音乐欣赏讲座，他瘦高个子，有一米八高，戴一副白色近视镜，西服领带，风度翩翩，颇有民国知识分子的样子。

他讲莫扎特，讲贝多芬，讲柴可夫斯基、施特劳斯等。

在一个盛夏的下午，韩老师轻轻地打开唱片机，说今天讲柴可夫斯基的《如歌的行板》，大提琴的演奏有着不动声色的忧伤和苦涩，我仿佛听到了默默的啜泣。

那是我第一次感到音乐艺术的力量，那种感觉是文字和语言都无法表述出来的，震撼心灵，打开了我的想象力，丰富了我的艺术世界。

我感受到了"新三届"知识分子有"老三届"的影子和遗风。

教育有魅力，有传承。

6

在医学院、工学院知识分子的影响下，我参加了全国统一的成人高考，考上宁夏大学政史系，脱产，户口都转到大学。

我开始正规地接受马克思哲学思想、毛泽东思想及中国近现代史的教育。

政治老师要求读原著《共产党宣言》《哥达纲领批判》《1844年经济学哲学手稿》等，北师大政治经济学系教授讲《政治经济学》，要求我们读马克思的《资本论》。

那时，我开始懂得：资本主义、货币、价值、价格、商品、劳动和剩余价值、唯心主义、唯物主义。

20世纪80年代，改革开放初期的学风也很好，政治课的郭老师要求我们学政治先要实事求是，他讲了抗战时期国民党参加抗战的正面战场，比如淞沪战役等。

宁夏大学虽小，但教学设备齐全，其间，我还在宁夏大学委培北师大人事干部大专班上了半年。它让我知道大学是什么样，上大学是什么样。

毕业后，我带着一个疑问，就是马克思、恩格斯提出的"无产阶级只有解放全人类，才能最后解放自己"。我一直在思考无产阶级是先解放自己，还是先解放全人类呢？如果没有解放自己，怎么去解放全人类呢？

我带着不解又回到工学院团委。

1987年冬天，一天，我的丈夫兴致勃勃地告诉我，他决定去海南工作，因为那里要建经济大特区，他说他父亲就放弃过一次去深圳工作的机会，他不想再放弃去改革开放的前沿城市，他想搏一下，挣些钱，让我们的日子过得好些，给女儿一个更好的未来。他说，西北保守、落后，他不能再丢失去海南的机遇。他聪明，有职业记者的敏锐。

我回到学校，校党委赵书记跟我谈："现在团委书记（副处级）不想做行政工作，想去当老师兼系主任，做自己的专业。你的组织能力强，可以接他，你现在是主任科员，学历也有了，水到渠成。"

我又面临重大的选择，事业、家庭，我该怎么办？

我的丈夫一表人才，他进取心强，但就是固执。他决定之后就去了海南，说让我再考虑考虑。

我十分犹豫，开始失眠。

7

为了我们的家，1988年的寒假，我带着女儿丫丫从宁夏坐绿皮火车摇了二十四小时到北京，到北京后丫丫牙痛，发炎，发烧，我又找药店给她买药。那时她近三岁。我又带她从北京坐火车到广州，两夜三天，我们是一张下铺，晚上列车熄灯时，丫丫总是用劲往里钻，并说妈妈你睡在我身边，地方很大。等她睡着了，四仰八叉一个"大"字，我蜷在她的脚下睡。火车摇到广州，我工学院的老师杨源在中山大学补习英语，准备去美国读博士，他去火车站接我们，并事前联系好了招待所。

下了火车，我像在云间漫步，晕头晕脑，幸亏有他帮我抱着孩子。

在广州住了一夜，第二天，我们又坐上大巴车到了湛江，好像也有八九个小时，我和女儿都不敢喝水，走了一半的路才停车方便，女儿非常懂事，一点也不闹，她高兴地要去找爸爸。

凌晨五点左右，天刚蒙蒙亮，我们终于到了湛江，孩子爸爸来接我们。女儿下了大巴车，扑进了爸爸的怀抱，父女俩抱在一块儿，高兴得不得了。

大约上午九点，我们一家人又登上渡轮过琼州海峡，到海口秀英港。

天淅淅沥沥下着小雨，特别潮湿。我蓬头垢面，像逃难者，进了他的宿舍，我就瘫倒在床上，一个多星期的旅途，再加上带一个小孩，已让我筋疲力尽。

那时，我们买不起飞机票，为了省钱就得受罪。

钱的确是人的胆，也是人的命。

我丈夫在省电视台当记者，住的是临时招待所，由单位包租的。我们穿的羽绒服，全部收起来，穿一件长袖连衣裙，顶多加一件开衫，穿一双厚点的长筒袜子。

一间房子，我们买了一个小煤油炉，临时做饭，几乎天天吃"打边炉"（涮火锅）。

海口市很落后，不像一个省会城市，倒像一个县城。前几十年"备战备荒为人民"，椰岛是前线，也没有很好地建设，好的资源红木、橡胶木都被调拨走了。

海府大道是一条不宽的小街道，两边是高大的椰子树，结满了椰子，通往省政府。满大街的小黄包车，坐一次两元钱，还有敞篷双座的三轮车，一次一元钱，往来穿梭。走到城市的边上，还能看到又黑又瘦戴着斗笠的人牵着背上有乌鸦的水牛走过。

每当夜晚，城市洒满月光，繁星浩瀚无际。但椰市经常停电，需要自备发电机，多数人家使用煤油灯或者蜡烛。沿河屋檐下有低矮的民居，河边船上还有人住。有的铺面和家里供着佛或者拜着祖先，各种红油蜡烛在黑夜中闪烁。

冬天穿夏天的裙子。这里没有冬天，我第一次看到冬天还被绿树鲜花环绕的大海。

我丈夫骑着摩托车，带着我和女儿去海口的南渡江旁边。那里有一条老街，据说是清朝末年时候就有了。建筑风格有点中西混搭，走廊是拱形的，建筑大多是白色二层小楼，西洋式的窗户，圆柱子，明显的民国时期中西合璧的建筑风格。这条老旧小街是一条闹市。一层有许多海味铺、百货公司、卖布的小店、照相馆，还有一些茶室、牌室、麻将室。一家小店的椰岛粉和"清凉补"我非常喜欢。坐在小木凳上吃两块钱一碗的椰岛粉，好像有红糖、酱油、炒花生等作料，特别香，好吃。

海南人生活得慵懒休闲。很多人一早起来，穿得很简单，圆领的T恤，短裤，拖鞋，就去酒店或者小店里喝早茶。一壶早茶，几只凤爪——也就是鸡脚，再加两个海鲜包，或是虾饺、蛋蓉包、肠粉，就能喝上两三个小时，似乎把鸡爪的每个小细骨头都嚼碎咽了。时常能看到街上慵懒的又大又胖的老鼠晃晃悠悠地走路，也不害怕人。那老鼠胖得比小猫还要大，我经常被老鼠吓到，但是我几乎没有见过猫。

住了一个月，我又带着女儿回到银川。

北方的春天，春风卷着沙尘暴，天地是黄色的，我骑自行车上班，用纱巾包裹着头，走进办公室，年轻的老师问我海南的情况，大多都动心了，有想去海南的，有想去深圳的。

要家，还是要事业？这是两难的选择，我吃不好睡不着，患了胃溃疡，胃痛，还要带孩子。

下午六点下班回家，天昏地暗，沙子从门缝、窗户缝挤进来，在窗台上堆成一道细小的沙坎，屋子桌面上一层黄色的沙。我先匆匆做了西红柿鸡蛋揪面片，与女儿吃完，又急忙拖地擦桌子。累得腰酸腿疼，晚上九点多搂着女儿躺在床上，给她讲睡前故事，她还没睡着，我先睡着了。女儿很懂事，从不叫醒我。

半夜忽然觉得床在摇晃。我急忙开灯，台灯也在摇晃，突然想不好了，地震了。我第一反应是用女儿的小被子裹着她，先把她往床底下塞，她哼哼唧唧不知道发生了什么，以为是我在跟她玩游戏。我吓得心惊胆战，还好晃的时间不长，约有两三分钟，我在犹豫，是出去还是不出去？我家是三楼，跑出去也来不及。我一夜抱着女儿在床上哭泣，不知道该怎么办好。

我爱我的家，我缺乏独立的精神和能力，最终做了选择，告别了我的母亲、兄姐，带着女儿乘上了南去的火车。我带了一个大箱子，装着我和女儿的夏天衣服，因为海南不需要很多冬天的衣服。我的全部书籍也邮寄到海南。

第五章

1

1988年的夏天，我被调到了椰岛大学团委工作。

这所新成立的大学，原是省水产学校改成的省办综合性大学。校园一片椰林，学校的东门旁有一座东南亚建筑风格的三层小楼，灰砖白墙，显得特别干净，是学校的行政办公楼，我在这幢小楼的二层办公室。办公楼的东边有一个小湖，大家叫它东坡湖。

每每坐在桌子前，窗外一片椰林、棕榈树、木棉树，早上都能听到知了不停的叫声和小鸟的啁啾。鸟语花香，特别美，如果不是上班，真像在美丽纯朴的小岛旅游。

我去海南，适逢它建省两三个月左右，一派全国最大的经济特区的样子（海南1988年4月建省，成为中国最大的经济特区）。

十万人才下海南，改革开放后的大学生、研究生，就像当年奔赴革命圣地延安一样，不顾一切地去海南。海南刚建省，机构、公司都不多。人太多了，各机构坐地起价，只要硕士和博士生。

海口的滨海大道，东湖宾馆沿街的马路，摆小摊、叫卖饺子馄饨的很多。其中就有一些研究生，他们刚毕业，就地实习，挣饭钱和住宿费。

省政府既高兴又担心，安置和管理人才的办法都没有。坚持了半年，只好让上岛的人才先留下简历，回去等报考单位的答复。

椰岛大学也开始提高学历准入条件，必须是博士研究生毕业才能当老师。

学校没有房子，就把教室、招待所腾出来，隔一下，两户人家住一个教室，两个人住一个招待所的小房间，大家毫无怨言。

我们在海南过的第一个春节，在一个老旧的小教室。记得那年春节，海南潮湿寒冷，淅淅沥沥的小雨下了近一周。我用小煤油炉做了几个菜，蹲在地上炒菜，一不小心把我的头发帘都烧焦了。吃过晚饭后，我们三个人围在一起无事可做。我担心女儿寂寞，不快乐，突然看到书桌上有两本旧杂志，我拿过来翻开，里面有彩色图片。我说我们一家人往墙上贴画玩儿吧。于是，我开始拿剪刀剪景物和人物的图片，我丈夫和女儿用胶水往墙上贴。贴出各样的图形，一家人心里暖洋洋的，女儿也笑得很开心。

椰岛大学社科中心主任曹老师，是陕西西安人，毕业于西北大学，他替学校在全国招揽人才，招来了文献学的张博士，我国著名的文化人类学大家叶老师，南京大学的两位戏剧博士闫老师、赵老师，还有武汉大学毕业的文献学博士张教授等。

每当曹老师说："吃意面了！"晚上七点多，我们六七个人就先聚在椰岛大学门口，一人一碗一元钱的意面，里面有一个荷包蛋，一棵芥蓝，一点味精，还有单放的红色辣椒碎。那时吃得特别香。饭后，拎六七瓶啤酒，半斤花生米，我们就上了"铁矿楼"四层顶上的大平台。那里有几把旧藤椅，我们围坐在墨蓝色的天空下，看着大月亮，海阔天空地开聊。大多的话题是椰岛如何发展，中国的未来及现存的问题用什么办法解决。

一年后曹老师从社科中心主任，做到了学校的教务长，人更精神了，走路带风，头发梳成大背头，每天上班西装革履，大夏天三十多度的高温，他也是长袖衫，并戴着袖扣，风度翩翩。

当了一个多月的教务长，他去北京参加一个学术会议，回来后，他的办公桌被抬走了，听说他被免职了，原因谁都不知道，学校也没有下发文件，这件事就不了了之。

曹老师开始周游四海，给企业做策划，参加各种社会活动，忙得不亦乐乎。

这个岛上的一切都在开发中，蓝天白云，星星、月亮都特别清纯、自然。

经过20世纪50年代"大跃进"、60年代"低标准"和"文革"后，人们的精神和物质生活已经匮乏到极致。赶上"改革开放"的好时代，岛上的人全民经商，大家纷纷注册公司，海南人说，椰树上的椰子掉下来都能砸到老板。

2

　　我的丈夫也从省电视台辞去记者的工作"下海"了，先是去兴南公司，工作三年多后又辞职自办私人公司。我们家的生活逐渐富裕起来，先是他给自己买了黑色奔驰轿车，过了两年又给我买了一辆银灰色日本原装进口马自达929轿车。很快我们有了三层楼的别墅，家里请了一个保姆，是海南人，叫阿叶，但我们在日常生活里花钱很节省。

　　我总觉得这钱花得不硬气，别墅和车都在公司名下。我丈夫的工资每个月八千元都交给我，这在20世纪90年代初已经算是很高了，我的工资每月只有三百多元。除过买书、吃饭、保姆费，每月给我母亲点生活费，其他很少花钱。我和女儿的裙子，都是我去海口的老街买花布，拿到学校内一个浙江师傅开的小店做的。那时我不知道国内、国际名牌，我的追求在于读在职研究生，几乎没花什么大钱，我喜欢攒钱。

　　随着物质生活水平的提高，我与丈夫的矛盾却越来越深，他天天出去应酬，大半夜回来，我和女儿都睡了。我们经常为这些事吵架，他也很委屈："我天天陪那些处长、局长吃饭喝大酒，喝完了吐，我不难受？"他酒精过敏，喝完酒浑身都是红色，有时起荨麻疹，后来酒量练出来了，能喝半斤茅台。

其实，我最不能接受的是他们唱"卡拉OK"时经常找陪酒女。那时，海口的酒店都有"叮咚女"（妓女），经常按门铃，或打电话问，要按摩吗？按哪儿都行。有时候走在大街上就有打扮得妖里妖气、露胸袒背、穿着超短裙的年轻女人直接问男人"想不想玩玩"，真是不管不顾地"生扑"。

我的女友劝我："丈夫当老板就不属于你了，找妓女比找情人好，找妓女只是寻求性刺激，没有爱；找情人就麻烦了，是爱情。"我大吃一惊，这是什么逻辑？难道市场经济可以完全颠覆人们的价值取向？

我说："我倒认为遇到情人，我可以理解，那是因为爱，我可以让位。"三十岁的我，已经不像少女时那么单纯，以为一生只能爱一个人。

我的丈夫是东北人，长得高大英俊，手里经常拿一个像砖头一样的"大哥大"手机，开着大奔驰或者林肯车。我的确是不放心。我与丈夫吵架，他急了，说："那些处长要找女人陪着唱歌喝酒，我不找人家不放心。你就读书，上学带孩子，过两天给你买只小狗陪你。"

我开始失眠，口服"安定"安眠药，开始只吃一片，不管用，一夜夜翻来覆去，看着天亮，最多时我吃过四五片，都是分开吃的，一个小时睡不着再吃一片。

三天一小吵五天一大闹，甚至动手打架。说实话我的丈夫并不是我十分喜爱的那种类型，只因我二十三岁结婚时他是我最适合结婚的对象，是我的同事给我介绍的。我当时在大西北一个医学院的附属医院手术室当护士，每天两点一线，上完班回宿舍，不认识几个人，更没有机会认识男生。我们麻醉科的张大夫要给我介绍对象，也就是我后来的丈夫。我追求一见钟情的浪漫，怎么能接受介绍对象？再说他没有上过正规大学，我特别想找一个大学毕业生。我拒绝了两次。张大夫说："给我一个面子，见一面，不行也没关系。"

那是一个星期天的上午，我和张大夫值班，他来了，穿着蓝色中山装，背着军队的黄色书包，个子细高，说话不紧不慢。我穿着白大褂，戴着无菌帽，想应付一下。

没想到，毕竟是电台的记者，他做了功课，从文学谈起，我们从托尔斯泰谈到雨果、莫泊桑，不知不觉就聊了两个多小时。他约了下次见面的时间，认识两个多月后，他带我去他家，一道墙的书柜装满了书，书桌上摆着一盆文竹，洒满阳光的书房充满了温馨与希望。半年后，我们结婚了，临近结婚时，我们开始吵架，但我们还是结婚了。

到椰岛后，特别是经商后，他变了。他很聪明，胆子不大，但学东西很快，他开始学习如何成为一个合格的商人。他当上老板后规定"女人不参政"——就是不能过问他公司的事务。从此，我们很少交谈，日积月累，我们心中出现了深深的沟壑。

女儿与我在学校这个世外桃源生活，她下课后爬树摘果子、烤地瓜、骑自行车、游泳，玩得非常开心。

满足了物质生活后，我的精神非常空虚，内心无比孤寂。

3

盛夏的一个傍晚，我丈夫回家说他朋友安宁养的狗生了六七只小狗，我们去他家抱一只，不过要给他钱，他现在没工作。我说好啊，女儿和我非常高兴，海口不大，开车十多分钟，穿过一条种满椰子树的街就到了。

安宁是北京人，大高个儿，微胖。我们看到有一群小狗围着狗妈妈，地道的京巴，我一眼就看上了一只活蹦乱跳的纯白色小狗，它也盯着我看，我用食指指着问丫丫："那只如何？"她也喜欢。

我给小狗起名叫"卡尔"，一开始是用奶瓶喂它，几个月后，我们吃肉时也给它几片，平时就喂它吃狗粮。

卡尔渐渐长大，也成了我们家庭的一员，它既听话又调皮，很快学会"拜拜！"，每当我们对它说"拜拜！"，它都用两条后腿站立，用两条前腿相抱用力拜。一年后，它长大了，满屋子跑，在沙发上上下下跳。每到春夏，它开始掉毛，即便这样，我们每个人回家也都先抱它。

卡尔与我非常亲近，每当我开着银灰色的小轿车回来停在楼下，它在四楼就开始冲着窗户大叫，激动地在小客厅乱跑。每到节假日，它会坐我的车，我们全家一起出去玩。

有一次，我回家一进门，发现门后面小铁棍鞋架上的一双软牛皮鞋被卡尔咬破了，我抱着它讲道理："下次不许咬鞋。"第二天回家，卡尔又把鞋咬坏了，我用手拍了它的前脚，我认为前脚就是它的手。第三天回来，卡尔又咬破了我的皮鞋。"事不过三！"我边喊边拿着它咬坏的鞋追着打它，丫丫喊道："卡尔，快跑！"卡尔四处乱窜，我们家只有两室一厅，它只好躲在沙发下面不敢出来。大约过了一个小时，我们家的阿姨阿叶对我说："狗在磨牙，给它买些大骨头棒让它咬。"我的气也消了："好吧，明天就去买。"我在沙发前蹲下来，对卡尔说："你出来吃饭，我不打你了。"它慢悠悠地爬出来，两只眼睛透出害怕的眼神，知道做错事了，我抱着它教育了一番，它低着头去吃饭。

从那以后，卡尔再没有咬过我的鞋，不知道是我打它、教育它，还是肉骨头棒有了效果。

卡尔，是我们家的开心果，谁都喜欢。

又过了两年，我们家搬进了一座五层楼的别墅，一层是厨房，有一面墙是落地玻璃窗，为了安全也加了铁栏杆，二层是客厅，三层是主卧室，四层是丫丫和阿叶的房间，五层是运动室。

我的丈夫很忙，基本都是半夜回家。阿叶非常懂事，她跟我学会了包饺子、包包子、烙大饼等北方吃食。

一天早上，约六点钟，阿叶大叫："天啊！不得了！"

我听到叫声，急忙从楼上跑下来，听见卡尔哀惨的叫声，我看到卡尔一只眼球连着一点肉掉了出来，我瘫坐在地上。我丈夫听见叫声也下来。我让阿叶找了一块纱布，让我丈夫抱起卡尔，用纱布把它的眼球接着，我和丫丫跟着把它送去宠物医院。

大夫说："眼球必须摘除，否则感染了会影响另一只眼。"

我哭着问大夫："能看出来怎么伤的吗？"

大夫说："眼皮有点撕裂，像是被人用手指挖出来的。"我惊讶道："不会吧，有这么狠心的人？"

大夫说："如果是与狗打架，狗爪子抓得不会这么整齐。"

近一周来夜里经常听到卡尔叫，它看到大玻璃窗外有人就叫，为了通风，晚上玻璃窗总是开一半，卡尔的头刚好能钻出铁栏杆。我终于想出答案，一定是有贼想入室偷东西，卡尔看家护院，见了就叫，贼人夜里把肉放到铁栏杆处，把卡尔骗去吃肉，趁卡尔的头卡在铁栏杆外，贼人用手指挖了卡尔的眼球。世上竟有这么残暴的人，我不敢相信。

卡尔左眼包着一块纱布，躲在沙发下面不出来。我说："卡尔，你是最漂亮的，我们大家都不嫌你丑，出来吧。"

卡尔似乎听懂了，摇晃着走出来，一只眼睛流下了委屈的泪水。我抱起它，边给它擦泪水边说："卡尔最勇敢，我们都爱你。"从卡尔身上我知道狗狗是能听懂人话的，它们用眼睛、叫声、身体语言与人交流。

我告诉阿叶，每天早饭给它加牛奶。每次出门溜达，我们放慢脚步，卡尔一只眼睛，越走越慢，有点趔趄。

后来，我决定启程去美国，开始了留学生涯。我告别了我亲爱的女儿丫丫，又恋恋不舍地抱起卡尔，嘱咐阿叶，一定帮我喂好它。

那时，我先到洛杉矶上了半年英语语言课，美国老师上课生动，唱、跳、说结合，手舞足蹈。老师让我们养狗的人举手，班里二十个人，一半养狗。老师又问狗的名字，问到我，我说叫"卡尔"，当时我充满了自豪，因为我的狗狗是英文名字。谁知这个老师竟然睁大眼睛看着我，反复问我两遍："你的狗叫卡尔？"我说是。

他很失望。我一脸糊涂，旁边的同学告诉我，car在英文里是汽车的意思，他可能生气你怎么把狗狗当汽车呢？我说，我以为卡尔是外国人的名字。

其实，我给卡尔起这个名字是因为伟大的卡尔·马克思，在国内我不敢讲，怕别人误解，觉得我不尊重领袖。没想到在美国也被误会，认为我把狗当车。

我来美国后，老师要求起一个英文名字，我想到了卡尔·马克思，他的女儿叫劳拉，所以我的英文名字叫"Laura"，我知道美国人大多数不喜欢卡尔·马克思，加上我不会讲英语，所以我没有做任何解释。美国是自由的，你不喜欢，不能不让我喜欢。

还记得1996年的秋天，我在阿肯色州小石城读硕士时，一个周末的傍晚我与大姐通电话，大姐说："有个事我想告诉你，有一个月了，他们不让我说。"

我非常紧张地问："妈妈怎么了？"我担心母亲生病。

大姐说："不是妈的事。是卡尔没了。"

我拿着电话伤心地大哭："怎么回事？"

大姐说："都怪我嘴欠，别哭了。"

我强忍住泪水说："没事，大姐你说。"

大姐慢慢地说："一天，卡尔从外边回来，上吐下泻。我一看它就快不行了。它躺了一会儿，突然站起来往学校那边你住过的旧房跑去，我在后面追，怎么喊它都不停。眼看着它摇晃着爬到四楼家门口，吐了两口鲜血死了。"

我泣不成声，我知道卡尔是以为我在这个家才来找我的。

我姐又劝我："别哭了，我们知道你很爱它，所以把它埋在了别墅院子的树下。"

我还是不甘心，哭着问："怎么会上吐下泻呢？会不会吃了毒药？"

大姐说："我们也怀疑它可能在外边吃了灭鼠药或灭蟑螂的药。"

我哭了好几天，想起来就哭，我在家时，不让它独自出去，怕它一只眼受欺负。我永远失去了卡尔，从此，我再没养过狗狗。其实我非常喜欢狗，看到很多不同品种的白色漂亮狗狗，我就想起卡尔。不养了，这种别离像失去亲人一样，让人受不了。

4

椰市大学有个邵逸夫学术活动中心，是香港的邵逸夫先生捐赠的。

学校的东北角，有一个小湖，四周是椰树、棕榈树、芙蓉树、三角梅，我最喜欢的还是木棉树，开着秀丽的红色的花，越是冬天越艳丽。

20世纪90年代初，椰市的冬天像江南的春天，有点湿冷，可以穿羊绒裙。

学校的文学院与台湾一个大学的文学院共同举办"儒家文化与现代化"学术研讨会。大陆地区有李泽厚等著名学者参加，台湾地区是一位三十三岁、才华横溢的孔鹏飞院长带领七八位学者参会。

我当时在学校的校长办公室工作，参与了筹办这次学术会议。我们在登记各位学者提交的论文和著作时，突然发现，台湾一个大学的文学院院长孔鹏飞有几十本学术著作，书的设计也很漂亮。当时我不知道他的年龄，我不禁自言道："这个老头儿很厉害，写这么多的书。"

身边的王老师说："人家可不是老头儿，只有三十三岁，是台湾最年轻的大学教授和文学院院长。"

学术会议开了两天，还有五天的时间带大家环岛游。

开幕式上，我们胖乎乎的校长穿着整齐的灰色西装，打着紫红色领带，拿着稿子念了半个多小时，满头大汗。

孔鹏飞院长个子不高，穿着深绿色花T恤，拿着话筒，只讲了十五分钟，非常幽默，收获了多次的掌声和笑声。开头他讲："我们跨越各种阻挠，终于来到美丽海岛。"因为当时海峡两岸刚开始交往，两边都很谨慎，如果文化交流，两边的审批下来需要小半年。

鹏飞院长的讲话打破了拘谨场面，开幕式结束后，大家来到大落地玻璃窗下，有的坐在藤椅沙发上，有的三五个人围圈站着聊天，大家聊生活、文化，相互介绍家庭，但就是不聊敏感的政治，很默契。

四十多年的分离，两岸人民的心并没有真正分开，这是一种久别的重逢，我看到了这个民族的重情重义。

我与鹏飞院长的秘书江小姐相互介绍自己，她大约五十多岁，非常和蔼可亲。我们的秘书都是年轻人，他们是老秘书，做事沉稳可靠。

这时鹏飞院长向我走来，他温文儒雅，和我握手。

"我叫孔鹏飞，我爸是老国民党员，我是小国民党员。"他的微笑散发着温柔、敦厚的气质。

"我叫王兰，我父亲是老共产党员，我是小共产党员。"我也微笑道，并愉快地与他握手。

旁边的两岸学者拍手大笑："两岸统一了。"

我没有想到，这一次的握手与任何握手都不一样，一握就是一生的煎熬和牵挂。

学术讨论时还是比较紧张，主要分歧在于讨论现代化时，我们对中国传统文化、现代化、西方文化、儒家文化与当代政治、文化之间的关系有不同的观点。

那次学术会议使我懂得，我们的传统文化不全部是封建的，我们现在做得不够好不要怨老祖宗。那次学术会议让我从骨子里开始热爱我们祖先的智慧，同时也喜欢尽心尽力传承中国文化的人。

第二天下午两点，鹏飞院长突然从会场出来，对我说想请我带他去海口的东坡祠看看。

说实话，我也没有去过，单独与一个不了解的台湾人出去合适吗？我有点为难，但又不好意思拒绝。我犹豫地说，我去告诉一下王院长，再要一辆车带我们去。

　　"车已经要好了，在外边等着我们。你的假也请好了，我对王院长说请你带我去，车是他安排的。"他的眼神里充满了渴望。

　　他想得真周到，我只好跟他去了。

　　我还是与他保持一定的距离。走进凄凉的东坡祠，他开始给我讲起苏东坡的词，讲到他因"乌台诗案"被贬。被一贬再贬的苏东坡，从未在精神上被打倒。不只作了许多的经典诗词，还教会了椰岛人种粮食以及做"东坡肉"。"归去，也无风雨也无晴"，苏东坡超脱的思想境界教育了中国文人，中国文人心中都住着一个苏东坡。

　　这是我一生上得最好的一堂古典文学课。

　　时间过得很快，不一会儿，下午五点了，要关门了。天阴沉沉的，淅淅沥沥下起了小雨，鹏飞院长从我手中拿过雨伞，替我撑起头顶上的一片天空。

　　走到大门口，他才告诉我，担心司机等的时间太长，我们下车时他就让司机回去了。我们只好两个人举着一把伞，等待出租车。过了大约一个小时终于上了车，我看着窗外的椰树和棕榈树，飘着的细雨落在三角梅上，落在汽车玻璃窗上，落在我的心上。美在心头，我对身边这位陌生人深感亲切。

雨天竟然这么美，还真应了东坡一首词的意境："莫听穿林打叶声，何妨吟啸且徐行。竹杖芒鞋轻胜马，谁怕？一蓑烟雨任平生。"

第二天早上，我去邵逸夫学术活动中心送他们去三亚，我对鹏飞院长说我不能去，学校没有安排我去。他一脸的失望。

说心里话我很矛盾，想了一个晚上，还是回到现实。历次"政治运动"的经验告诉我，与"他们"的关系不能太近，如果与台湾人来往密切，我的社会关系就会太复杂。

过了五天，鹏飞院长和台湾学者从三亚回到海口已经是下午了，吃过晚饭，他约我去椰市的公园看看。我们乘出租车到市中心的公园，公园里一片漆黑，没有路灯。刚走了约一百多米，我的身后跑过来一个小伙子，抢走了我的黑色手包，鹏飞院长顿时就追，我下意识先想到他的安全，大喊着："不要追！"

他只好回来问我："吓着了吧？"

"还好。"

"丢了什么东西？"

"还好，几百块钱，主要是钥匙丢了。"

他一脸惋惜。

"这里不安全，我们还是回学校吧。"我说。

我们坐在邵逸夫学术活动中心湖边的石阶上，墨蓝色的天空，挂着几朵不同形状的白云。一轮皓月从湖面冉冉升起，越升越高，我们不知道在湿冷的石阶上坐了几个小时。

他不舍地说，明天一早他就回台湾了，先得飞香港，再转机飞台湾。他从口袋里拿出一个小包，说是在三亚买的，打开一看，有一颗小珍珠和一包红豆，还有一个便签，上面用蓝色圆珠笔写着王维的诗："红豆生南国，春来发几枝。愿君多采撷，此物最相思。"他那刚柔并济的秀美字迹以及他的才华对我有难以抵制的吸引，情不知所起，一往而深。但一万个不可能，摧毁了我瞬间的爱意。

我接过来礼物，装傻，微笑着拿出我的礼物，调侃道："民以食为天。"他也哈哈大笑。

我在给他选礼物时非常为难，贵了买不起，便宜的又拿不出手。最后选了一对景泰蓝的筷子，寓意是：我们是一个民族，都用筷子吃饭，不要忘了我们是炎黄子孙。

就这样，我们依依不舍地告别了，告别了一生都无法忘却的椰岛大学的明月。

鹏飞回到台北就给我打电话："我处理一下手里的事情，下个月飞去海口看你。"

我的心开始七上八下，我喜欢他的才华和儒生气质，读了他的书后，更是深深地被他的思想和才学折服。但又担心他是台湾人。经过"文革"的我，最怕"特务""反革命"，真是灵魂深处闹革命的结果。一时的伤痛需要一生时间的疗愈。

傍晚，电视里正在热播我国第一部室内50集电视连续剧《渴望》。该剧讲述了年轻漂亮的女工刘慧芳面对两个追求者迟疑不决，一个是老实忠厚的车间副主任宋大成，一个是来厂劳动的大学毕业生王沪生。刘慧芳渴望爱情，但是前者有恩于她，后者身处困境需要帮助。这令她左右为难，没法选择，特别适合我的心境。非常感动人的是它的主题曲：

悠悠岁月，

欲说当年好困惑，

亦真亦幻难取舍。

悲欢离合都曾经有过，

这样执着究竟为什么？

......

人们渴望真诚的生活，人们渴望纯美的爱情。

过年，还没有出十五。一天傍晚，电话铃响了，鹏飞说他刚到椰市，住在"南昌饭店"。我吓了一大跳，嘴里嘟囔着："好的，明早请你喝早茶。"

我彻夜未眠，翻来覆去想了一夜，进行了激烈的思想斗争。去吧，以后会有很多麻烦，不去吧，大老远的，他已经来了，不去太残忍了。

第二天一大早，我赶去饭店，我们像是前世就认识的亲人，没有任何的距离。

他温厚地说："我这次来想与你商量，'陆委会'请我去做文化处长，我是想做加强两岸文化交流的事，但是如果接受这个公职，我就不能来大陆看你。"他的脸上充满了犹豫。

我说："去做吧，有利于两岸文化交流。"

"那我就不能来大陆看你……"

他可能想我会劝他不去任这个职。但我从小受的教育，是牺牲小我，成全大我。再说，从感情上，我也不知道该怎么办，有很多的"沟"横在我们之间，无法跨越。

椰岛一年四季喜欢下雨，小雨大雨下个不停。夏天经常看到太阳雨，有太阳也有大雨点。太阳雨的时间一般都比较短，雨后阳光明媚，蓝天白云，空气特别新鲜。冬天多一些阴雨连绵天，人们的生活和故事大多都在雨天进行。

二月，刚好是椰岛的梅雨季。我走出南昌饭店，叫了一辆带雨棚的三轮车，走在烟雨茫茫南渡江桥上，桥边有一座红色钟楼。我心里又一次下起了小雨，徘徊、犹豫、思恋之情油然而生。

就这样不舍地告别，鹏飞接着又飞去北京。

鹏飞到北京住在民族饭店，每天给我打两次电话，还给我写信。鹏飞对我说，人们已经很少写信了，所以，能收到信真是最珍贵的精神慰藉。

小兰：

今早放下电话，躺在床头呆想，想你如果写小说，会怎么写？我从前看中国古典小说，特别是战争小说，都是南方派出白袍小将，跟北方番邦作战。白袍小将锐不可当，但碰上番邦女将，往往束手就缚。如"薛丁山征西"一类故事，就是如此。

樊梨花爱上了南蛮子薛丁山，背叛了她自己的国家，杀了她的丈夫，同时也误杀了她的父亲，只为了跟薛丁山结合。她擒住了薛丁山几次，薛丁山却与她虚与委蛇。后来的结局很感人。

樊梨花让薛丁山一步一跪一叩首去求她，才愿意再和薛丁山在一块儿。

我小的时候常去我们乡间庙口看戏，这个戏高潮迭起，最具冲突性，大家都爱看，看到薛丁山负心汉一步一叩，大家都仿佛出了一口恶气。但那时我太小，不懂什么是爱情，常觉得樊梨花本事固然极大，可是为了一个人，去做那么大的牺牲，究竟什么道理？那时节，幼小心灵唯一的解释是大汉沙文主义引起的，犹如一首歌所说"伯夷的姑娘，愿呀愿呀嫁汉家郎"，现在，我当然比较懂了。

樊梨花的师傅是"黎山老母"，可见她一定是陕北、宁夏一带的姑娘。想起这个故事是有多种原因的，例如你所说过男俘虏的故事，还有你说过："我可是地道的北方人呀，黄河以北的北方人。"指着我，说我是"南方人"，以及你说如果为了我去台湾，便抛弃了家国、家庭、小孩等等。都让我想起樊梨花，樊梨花可厉害呢，撒豆成兵，武艺超群，是我们小时候最崇拜的人物，想不到我今天也碰上了。幸好我不可能像薛丁山那样不识好歹。

这是早上的一段傻想头。写了一段便出去办事、座谈、访问，闹了一天，累得腰都直不起来。夜里回饭店，月色很美，长安街边枝丫森然，灯火昏黄，薄薄雾气，裹着一点寒意，压在身上。特别让我想念那晚送你回去时的月光。东坡诗说"但愿人长久，千里共婵娟"。现在不是中秋，但元宵的意义也差不多。"海上生明月，天涯共此时。"希望你也望着了月亮——大概你是真看着了，我回来不久你打电话来，说是出来散步，我就想到了这一点。听你语气闷闷的，让我明天去别人家吃元宵。心里好难过。你好吗？生我的气了吧？我现在睡不着，真想跟你再讲讲话。

2月28日

兰：

今天没上别人家吃元宵，夜里跟一些官府中人在餐馆吃了几个，感觉不出元宵节的气氛，倒是北京夜间到处是鞭炮声，窗外有时还看得到零星的烟火，虽然稀疏，却总有些年节的味儿。只不过，在客居在外的游人心上、耳里，就别有一番滋味了。我从人大附近的燕山饭店出来，店门口正有个女服务生在扫地上一大堆鞭炮屑，花花绿绿，正是繁华退尽，宛如落花遍地，行将扫去，瑟瑟然竟有点"葬花词"的情趣。这是离人的心境。却不知海南又是什么景况。

夜里做元宵了吗？我猜你那么能干，可能要自己动手做了，可惜我今年没口福，希望来年能够补憾！

信和书不知道收到了没？书慢慢看，有些纯学术的文章，无趣得很，也不必细读，甚至根本不必看，你对我的了解，其实比看书直接，还深刻得多，女人的直觉，实在是很可怕的！何况我们之间不只靠直觉。现在想来，最初的直觉可能相当重要，为什么在那时开会期间，稠人广众，诸事麇集。而竟会注意到你那一对眼睛？我记得那时我们坐得很远，有些话只靠眼睛说了，在你眼里我看到了善意与期许，让我获得了信心、勇气。当然也使我萌生了爱慕。为何如此实在是不可解的。我其实不太敢瞪着女孩瞧，何况那时我们才初见面。话还没讲上几句呢！可见你是有慧眼的，而我的眼力也不差，老眼未花哩！

回忆这些事，即甜蜜又苦涩。不过人生的希望虽在未来，回忆却提供了人活下去的勇气。如果不是靠着这些回忆恐怕我的心情要更坏了。现在无时无刻不在品味苦，我们一块时你说过的每一句话，无时无刻不惦念着你，这不是旅途寂寞时的慰藉，相信在未来任何时候，你将是我生命的凭藉与依赖。

鹏飞

3月1日

小兰：

　　早晨起来收拾行囊，窗外正起着雾，有些建筑猛然看去，像在苏俄。我原先打算春天去捷克，体验一下"布拉格之春"，你看过米兰·昆德拉的《生命中不能承受之轻》没？写苏俄进兵捷克的故事，很好。台湾翻印过一个大陆的译本；也计划春末去日本京都看樱花，现在恐怕均已不能成行，职务固然羁绊着我，主观心境上也有了变化，现在想的是，昨天我们说的，暑假间我们去宁夏的事，让我努力试试吧，现在没啥把握，你不必挂念。为了我，好好珍惜生活，就好了，其余的事，不要管它。

　　今天是待在北京的最后一天，比较忙，明早七点五十的飞机，五点多离开饭店，估计今天下午必须想办法将信投邮。

　　帮我寄一些书，除了马列全集之外，你说的《随笔》我已经找着了，你爱看的书，我也都爱看的。

鹏飞

3月2日晨

兰：

昨天开始上班，今早去中坜上课，距离约六十公里，早晨六点多便出门，八点的课，格外疲倦。原来计划上完课留在学校写信，所以带上了稿纸。不料课后有人要返台北，搭便车回来，时间倒是省了一小时，但正好碰上你下班了，赶不及打电话，仍是只能写信。生活中之起伏波折，事情之成成否否，泰半即是如此。

中坜是指"中央大学"，这个学校原即是大陆时期在南京的中央大学，迁台后复校的，校中遍植松树，延续着南京校区内六朝松的传统，该校每年与附近的"清华""交通大学"，都要举办类似英国剑桥与牛津那样的学生技能竞赛，号称松竹梅大赛。因梅花代表"清华"，竹子代表"交大"。此岁寒三友，得此雅戏，倒也不错。我在"中央"兼课多年，原已决定转征该校，或赴"清华"。后以淡江坚留，故一直待在淡水，现在毕竟要离开淡江了，想来也甚为感伤。人对土地是会依恋的，胡马依北风，越鸟巢南枝。本无太多道理可说，某地固然可爱，他处未必便乏美景，除非为了特殊的理由，人总是惮于迁移，可是人生不会是凝固的，偶然与必然，融混为一，人生不能不有所变化。我曾回老家吉安去看，我们家是从凤阳迁去的，凤阳花鼓歌，不知你听过没？歌词说"自从出了个朱洪武，十年倒有九年荒"。估计我们家即是在明初荒乱饥馑时，跋涉迁徙到江西的。我上次听你说你们家从银川搬到灵武，那一段你讲得真好。如何在不得已的情况下，举家迁居，那种心情，那种阴寒雪冻的气候，令我感同身受。我读过刘鹗《老残游记》里写黄河结冰的那一段，一般都认为那是写得最好的了，但听你说在冰上奔跑的事于我更亲切更深刻。我也会想起唐明皇仓皇出都，太子奔灵武的史迹；想起我家从凤阳迁吉安，我们从吉安走十万大山，入海南，再由海南东渡台湾的往事。海南新港，每次车行经过，我都开玩笑说，我岳母等人是从那儿走的，可是，说得轻松，心情却极沉痛。我父亲告诉过我一些当年逃离的故事，临海沉舟，挣扎而死，残船上拥挤压坠，人命贱如蝼蚁。在海南，每次望见海洋，我眼前历史如绘者，皆为此等景象。对此悲剧，我并无仇恨之心，只是觉得这个时代的中国人太惨了，能走的，尽尝心酸；而留下来的，也承担了几十年的折磨。今日比明代，比唐朝安史之乱时如何，我不能知，但这个时代人生流离之苦，我是深有体会的。放在这巨大的苦难之中，我们的分离与阻隔，似乎也有了一些庄严的意义。

鹏飞

3月3日

兰：

　　汉武帝时，苏武出使匈奴，被扣押了十九年，牧羊北海，坚持不愿投降；李陵与匈奴作战，力尽被俘，遂与苏武相遇于异域。后苏武终得回国，李陵去送他，携手垂涕。

　　苏武并有首诗说："烛烛晨明月，馥馥秋兰芳。芬馨良夜发，随风闻我堂。征夫怀远路，游子恋故乡。寒冬十二月，晨起践严霜。俯观江汉流，仰视浮云翔。良友远别离，各在天一方。山海隔中州，相去悠且长。嘉会难再遇，欢乐殊未央。愿君崇令德，随时爱景光。"

　　三月三日清晨，我从北京返回时，脑子里就想起这首诗，因为这诗像你送我的口吻。唯一不同者，只是苏李之生离实为死别。不可能再见了；我们之会固然"难"，为时则必不远。其他的心情，却极相似。"兰有秀兮菊有芳，怀佳人兮不能忘！"

鹏飞

3月5日

小兰：

　　又接到长信读了几遍，深为感动。关于我出差的事，你不必太挂念我的性子，只想自小筑成环境，是改变不了的。你担心这个圈子太复杂，怕我应付不来。这倒是实情，不过我早说过，我原本不是个好人，劣性生成，诸鬼蜮伎俩，自幼可说是不学而能，是个恶人中的恶人哩。你瞧我现在好些了，那只是因为我太懂得作恶，所以渐渐怕去作恶；再加上读书稍久，不免学着去朝好方向努力。所以我曾跟你说，我一切好品行都是费了力学来的。这样的人不去害人，便已万幸了，还怕人家害我吗，哈哈。你听了要毛骨悚然吧？不跟你开玩笑啦。今天病稍好。我想跟你说一则故事，是一则悲伤的故事。我的恋爱经验不太多，但颇为曲折，似乎比你复杂。现在要说说的是其中之一，因为在北京时答应慢慢告诉你的，所以先写一点儿……

小兰：

《如烟绿用情》一篇，已在"《中央日报》"刊出，我上午没看到"《中央日报》"，现在几乎买不到，少人看。书报刊也不想售，我也是听说的，所以没能将简报一道寄你，先寄这些。后续几篇，另有徐复观《两汉思想史》三卷我带去武汉集邮吧。

小兰：

春雷动了，惊蛰以后，大雨时至。昨夜冒雨上山，喊工友开办公室，夜中取出我盼望已久的信，好几封，每一封都是沉甸甸的，匆匆先看了3月27日那一封，即赶去办旁的事。回家已经十一点半了，今早六点出门，故把信全塞进皮包里，赶来上课，待会儿让我在返程的车上细细地咀嚼吧。

先忙着写信，是因为刚好逮住了一个时间，若不写，又将被旁的事岔开了去，而我憋了好几天，不想再等了。

4月5日，曾拨一电话去你学校，未找到你。这几天我忙着做计划，开会，也总不能在你上班时间打电话给你。因为办公室不能挂国际长途的，要打只能回家来。家里有时也不那么方便。至于办公，因系初去，杂事甚多，草创维艰，而且，我在学界的活动尚未断绝，周四还准备去台南开会，另外有些演讲，所以特忙。本周"立法院"要审我们的预算了，过两天可能还得挑灯夜战，审个通宵。

其苦可知，但我不想再诉苦了，讲这些没意思，你也不会感兴趣，随便扯扯，让你知道一位台湾公务员的生活罢了。我们这里公务员少，不像大陆基本上是公务员。

我们这儿刚播完琼瑶的新戏《望夫崖》。用一个古老传说（女子在崖头望夫归来，日久化为石头的故事），讲民国初年的一段爱情故事。拍得假里假气，惺惺作态，水准很差，但我喜欢那个传说。她戏里描述男主角跑到云南大理，认识了大理白族的公主。她不晓得云南没有望夫崖的故事，云南有另外一种版本。说一位女子，被山中的魔王摄去了，她本不爱魔王，但日久生情，魔王每每化为云雾，出去游山，后来被某位法师降伏了，遂不再回来。女子盼郎之归，盼得厉害，故亦化为云雾，一座山头一座山头地去找。云南，为何是云南呢？就为了这云，是云之南的意思。这个传说我读大学时，一位朋友为它编了一部舞台剧；后来我也去了云南。在高原上，峥嵘的怪石，葱郁的森林。上面罩着一层迷迷离离的云，我便想起了这一故事。云气笼罩山头时，是包裹的，浸润的，湿气进入到山石的肤骨经脉中的。像女子的爱，她的温柔，广大，润泽，飘忽和化为岩石的坚贞，刚硬，立体诸意象，恰好互补，共同诉说了女子对爱情的态度。

　　然而，这个态度与遭遇多么悲惨。女人为了爱就得付出那么大的代价！千年望夫，只如一瞬。这个她盼望的男人却"因故"不能回来。

女人会没有抱怨吗？会没有疑虑吗？这样执着，究竟值不值得？

你给我的信，往往也在问这样的问题。啊，小兰，我岂敢叫你做望夫石？但你要体谅这种人生不得已的悲剧。远游不归的人，未必便是只顾了功名利禄及伟大前程，抛弃了对爱情的执着；而可能是在为了其他事业奋斗之间时，也在忍受爱情的煎熬。大凡值得这样的女子凝眸伫盼的人物，想必不是庸才。既非庸才，自然有另一些对人生及世界的期许，为了这些期许与担负，他们的痛苦想来也不会比女孩少。

我尽然不是在替自己辩护。我非庸才，我也自视极高，但我有懦弱及无奈的一面。我会再去海南与你相会，看来似乎勇敢，敢于追求，可是最后仍不敢把你带走。这不是软弱吗？让你在海之南想我，想得那么苦，我真是好狠心呀。没想到我这一走了之，便不禁惭愧交并，痛惜不已。但我实在无力挣脱眼前的格局，那又有什么办法呢？我实在对不起你。

写到这里，我已经看到你说的那个水怪的故事了。说得好，这个水怪爱上了世上一位好女孩。

鹏飞

4月9日

我的樊梨花：

昨夜我通宵剧咳。今天中午抓着了一点空闲，赶回来想睡一会子，也还是不能深睡。忽然醒来，春天阴甸甸的云气，透窗显出一些阴郁湿凉的气息。匆匆起身，想赶快给你写张小签，免得马上又要冲去上班了。

新官上任。但即无鸣锣喝道者，我自己也缺少一点兴奋，旁人或许看着我眼热，我则深知其中苦楚。别的倒也暂时不说了，只是忙累，便甚于从前。文教界对我寄望颇深，其实我对此事殊无把握，仅能学邓小平那样，"摸着石头过河"，走一步算一步了。去看你，更得花一番经营。

昨晚电话中你听我咳，吓坏了吧！此病已非一两日，抱病奔走亦非一两日。万幸生命尚有韧性，否则吃不消的。每次听你要我保重，我都感到温暖，然而，这些年来，我的身体似乎不属于我的。你明白这个意思吗？从前，我们淡江有位杰出的朋友，叫李双泽，能文能唱，出"国"求学后回来，提倡校园民歌，鼓吹乡土文学。闹得轰轰烈烈，少年英豪，弹唱高歌，掀起了台湾70年代中期最澎湃的文化运动。我和文进，也都是当年此一运动中的战士。台湾从美式文化的洪流中扭身出来，想走出一条属于中国文化道路，同时也开启了今天统独意识的分歧。皆导应于那次运动。这个运动本身就是一个凄美而又悲壮的故事。有机会再说给你听，现在要讲的是李双泽本人。他抱着吉他弹唱起中国民族的韵声，创作《少年中国》等民歌。但有一次在淡水海边，他看到一位美国小孩在游泳，即将溺毙。他跳下海去救人，小孩救起来了，他却永远不再能回来。文艺界为此，特地在淡水海边举行了一场感人的祭礼。他的父母哀伤不已。当时有人便安慰他们说：你们的儿子不是属于你们的，也不属于他自己，这个人生来便只属于他人，属于这个时代。这话是残酷的，但形容李双泽再好没有了。这些年我有些作为和努力。似乎也只是为了这个时代与社会。我能不能保重身体，似乎还得看社会与时代让不让我保重了。

你会不会觉得我们这一代人很奇怪？淡水的儿女呀，好像不比你们黄河的儿女差呢！

别生气，我也是黄河的儿女。在兰州，看到黄河母亲的花岗石雕塑，觉得分外亲切，有时想你，也会把你和那个雕像联想在一块。

匆匆如此，下次再说故事吧。

大鹏鸟

3月28日

小兰：

几天无法给你电话，心情烦躁得很。

有些杂志说，我现在是"焦点人物"。其实，我是真正的时代边缘人，对于时代与社会，我永远有一种孤绝、超离之感，永远有一点不满，不能苟同。永远对我的"国家"、我的时代感到绝望和悲观，不愿随波逐流，与世沉浮，这种态度与力量，是历史给我的，也是性格造成的。我所熟知的中国文化与历史，提供了价值的标准，塑造了许多人格典型，让我在其中沉吟玩味，优游含咀；也供给了我批判时代的勇气与智慧。一从这里说，我才会认为大陆有些知识分子是肤浅的，他们对待传统根本是白痴，对历史文化根本不懂，却高谈阔论喋喋不休，我们偶尔表示传统文化并非他们所以为的那样，他们便认为我们是已经现代化以后，才再回头来亲近历史文化，或者更指责我们的说法与统治阶级一致了。其实这不是如此理解的。现代化之后的社会，压迫知识分子的力量更大，更不易抗拒，这是大陆知识分子不容易懂得的。但问题不在这儿，问题是在：他们很少明白什么是历史，什么是文化，是中国文化。我懂，所以我爱中国。……也许，我的家园不在台湾，不在江西，也不在任何中国的土地上，而是形而上学式的中国历史文化。只有那里才能安顿我的灵魂，提供我继续与世界与时代的对抗的力量。

这些不是永远不妥协的时代边缘人吗？况且，我不安分只在时代边缘观察哩！我要呼号，我要哭泣，我要大声辱骂这个使我只能栖身于形而上式的历史文化的中国社会，批判这个令人苦恼的时代。

所以我又不可能只做个隐士，我常会跳入时代中去评东弄西。更会为了使我的灵魂能安放在具体的社会中，而非仅停留于形而上的抽象思维之中，去努力改善现实环境。这便是我存在的矛盾，也是内在骚乱不安的表现。

我很小就是个国粹派，当时台湾尚未现代化也，学术界正努力西化之际，我是国粹派，后来改革中文系教育传统时，大家却都说我深受西方思潮之影响，实则我本来没变。正如我实际上是个毫无名利追求之念，而仅愿探索历史文化的人，而许多人以为我善于经营，善于以学问入仕一样。人的生命太曲折了，旁人岂易了解？我自己也是真正面对自己，质问，探索，反复思辨才能逐渐了然。人之不能真正理解社会时代，恐怕正在于他往往不太理解自己。解剖自己，是极端苛酷残酷。有时深宵默坐，长歌当哭，苍苍凉凉。不是由于现实利益与人事纠纷上，有何欠缺，而是面对生命，要承担一切磨难。此为人生之大忧苦、大孤单。但要真成为能感知生命的思想家，这是不能逃避的。

这太苦了。是的，然而，我有对自己的期许。这种做学问，不是一般意义的知识与机智善巧。相对于一般学者，我知识也不算少，学界每称道我的博雅精深。但我不是在知识，或论形而上去枝枝节节地与人争短长，我有我想处理的人生问题，历史问题和时代问题，我自认为应该可以具备伟大而深刻的心灵，并与人类历史上曾经有过的伟大心灵对话。现在我还差得远，然而，我长抱这样的梦想，鼓舞着我去追求，去研究。这是我之所以做学问，而且不可能中坠的原因。

鹏飞

4月1日，今天是愚人节

兰：

电话中你提到嫉妒我对淡水的感情，不禁哈哈大笑。去淡水取信回来，果然在信上也提及此事。但淡水河的水岂是能喝的？淡水镇，是淡水河入海口。这个小镇是台湾北部汉人入台开发的据点，也是西班牙、荷兰人经营北台湾的通口；中法战争时，在淡水大战了一场，法国才退去。历史渊源复杂，华夷汉番古今杂陈，构成奇特的人文及经济景观，确实是很迷人的，大陆也找不到类似的地方。我编过《淡水镇志》；70年代中期台湾报道文学热潮兴起时，更多的文艺工作者，到淡水来流浪、写作、画画、作曲、摄影、清谈聊天。略带沧桑的气氛，颓废的浪漫情调，很能投合现代主义以后的知识分子口味。最近十年左右引起讨论的，则转移到有关环境保护问题。例如淡水河污染防治，水鸟保护，红树林资源，核能发电之类，也产生了许多相关的文艺作品。我有位朋友刘克让甚至因报道水鸟而成了鸟专家，鸟诗人，绰号叫"鸟仔"。其他核能、水资源专家亦不可胜数。所以淡水河跟台湾北部人文意识及文艺之发展均有深刻的关系，并不是我个人的偏爱，也不至于因为我毕业于淡江。将来你来玩儿就能了解了。

人对河川的感情是很特殊的，我去黄河，沿着河往上走直入青海，梦想去探河源，结果当然尚未实现。上次曾跟你提到，我想跟志文去拍长江，作《水经江水注》。这些梦想，留着作为我们共同的事业吧。

以上是4月29日开会时写的。因未写完便留着。今早去淡水取了信，中午回来吃饭时揣着信去边读边吃。看见那一堆"骂"我的信了，想想我们真可怜，隔得那么远。读着你发脾气的信，居然倍感温馨，觉得仿佛站在你面前，看你落泪，陪你哭泣。其实我们都太容易受伤了。毕竟特殊的时代，奇异的处境，是难以令人了解并安心去接受这一切的。难免在言辞中，仍要小心翼翼，生怕伤了对方或伤了自己。也难免在快乐中掺杂犹疑与揣测。但是，我的兰不必太小心了。你任何言语，都不会惹恼我，因为我明白你的真诚与善良，我了解你的感情。这种了解，说到底，其实是言语道断，不必言诠的，纵使你从此一个字不写，我仍明白，仍是相信你的。我之所以渴望读到你的文字，并不是要增进了解，只是人间一种无可奈何的安慰罢了。我需要一点心灵的慰藉，以帮助我度过忧郁，以助我在人生路上继续奋斗。至于你的心情，我早已明白，永不会忘了呀。

鹏飞

5月10日

小兰：

今天刮台风和海南一样，读到你临离开海南的信，就在这样的天气这样的心情里。

从海南到宁夏，好远。而这趟路原先是我要求你跑的，现在你独自从蔚蓝的海洋回到黄土高坡，我却无法赶去与你会合，你的怨怼我也可以了解。昨天接听你从宁夏打来的电话，全能听得到，电话效果不好，断断续续，仿佛隔着一层厚厚的墙壁，得尽全力呼喊，我喊了一阵，挂掉电话，想起我们的恋情，不正像这通电话吗？隔着一堵的墙，隔了千山万水，飞不去，撞不开。忽然想放声大哭。碍着办公室人多强忍住了，可是心底下忽然一片凄凉。

这几个月来让你受苦了，对不起，无论如何，总是我的不好。我倒不想再诉说什么痛苦，求你谅解，我只是想说：小兰，让你受苦，我很痛心，不过你别怨我。我同你一样也在受苦呢，咱们不能在一块儿，痛苦可是一起享受的。

这几个月，我动了许多脑筋。原打算去东欧，苏联，再转过去。联系了许久，苏联那边要我延到九十月再去；捷克希望我十月去，而且都希望能带个团。带了团我怎么走得开？况且这与你的行程也不合。只好打住这个计划。构想去西欧，也未成行。这个迂回的办法不能实行，只好正式上公文，说我要去北京开会。会里为此很伤了一阵脑筋，与我谈了几次，后来决定暂缓。理由是，去开会，有关两岸关系的会，太敏感了，记者报道出来，这里会闹翻天的。这个后果没人能担，只得作罢。我不死心，又联络了四川，要四川省社科院发邀请函，我去开宋代文化的会。我得了函再上报，而且抽空赶写了一篇论文，表示真要出去开会。可怜我现在每天在办公，怎么挤得出时间写论文？没奈何，只得写，又送上去。大头又头痛了好一阵，会里无法决定，只能提报，"总统"会集了一个五人小组商量了以后，仍主张暂缓一阵。不是不让我去，现在时机不好，另有些关于赈灾之类的事也要我办，走开不好。他们告诉我如此，我能有什么办法呢？

你说我想不想去？我为了谈恋爱，惊扰至此。我可也是尽力了，这其中的纠缠曲折，不必细表。两岸关系也远不是如你所想象的那样单纯。我用我的生命，在体验这一场悲剧，体会这其中的折磨与撕裂。中国人，这一代的中国人，没有人比我更懂得了解中国的这场灾难了。

我的爱，我的痛苦与哀伤，若不比你深，应该也是一样的。我有负荷，这种负荷，不是你所说的功名利禄之想，男人的事业功业之类。我们的爱情，和这个时代是分不开的。你常想我们两个人去隐居，不问世事。这怎么可能？不是我眷恋尘俗名利，不是我不向往田园闲居，而是我们两个人根本就是这个时代的产物。我们之所以能相遇相爱，是这个特殊时世造成；你我彼此能相欣赏，也与寻常男女不同。所欣赏之气质与见识中，对时代的情怀，可说占了极重要的部分。因此，我们的感情，注定了要跟时代一样，便是创伤。对时代问题的承担，事实上也就是对爱情的认真。试想你能忍受一个袖手不管现今中国问题的孔鹏飞吗？你常还跟我辩论，讨论政治观点哩！你可也是冷不下心的人，对不对？

水灾，香港据说捐了几千万美元，我们也颇热烈，民间仍在继续捐募中，今天我建议派医疗队去，将来还准备协助进行灾区重建。会里觉得这个建议不错，正积极推动，我们有些记者正在灾区，冒险涉水或乘船进行采访报道。我喜欢这些人。另外，树林去了西藏，明松到了东北，志文可能8月间到北京，你先去北京再回海南，希望能与他见个面，让他看看你晒黑了，还是养白了，好回来跟我说说。原本我规划了一个委托研究，想托人去海南，谈谈文化合作的事，那时便可具体与你商量，带回你的消息。但现在我托的人有事无法分身，找云峰，他又患了鼻咽癌，住到南部休养去了，这个计划只好暂时搁置。等我弄妥了，再跟你细谈合作的事。诸事不顺，只希望志文能见到你，瞧瞧你啦。他不晓得我们的事，我也不能与他细说，但只要能看到你我就高兴了。

小兰，我有革命的浪漫情怀，但又充满悲剧感。你纯真善良，喜欢我真是不幸。我让你享受的，只能是无穷的盼望与痛苦，不能有人可以诉说，也不能有人可以消解这种痛苦。如不是我去撩拨你，你不会陷进这场迷乱如梦的深渊里。我深自痛悔，但又觉得能获得你的爱情，是最值得骄傲的事。这种种矛盾，纠缠着我在这台风天里，我静待办公室里同人们都散去了，取出壁藏的海南信札，一份份地细读，四边风雨拍窗的声音，渐渐地就激起了一阵阵心灵剧烈的震动。几个月来，强忍住的泪水，终于潸然流下。我什么也不能给你，这种哀伤你和我分享了吧。

写得有点儿乱，你懂得的，祝快乐。

鹏飞

7月19日夜

小兰：

今天是年初四清晨，我年初三从台中返回台北开会。今年本来是初四才上班的，但临时有事，召我北上，故先一天回来。家中只我一个人，夜半醒来，想你，遂披衣起坐，从容写几句吧。

几个月，没让你收到信，我心极痛。你的哀伤与埋怨，我岂能不知，岂能无感？但时世为之，人再能干，争不过命，斗不过天，这一点，你我都得忍了。人生相爱，是难得的，但相爱也就是互相折磨，一起受苦。我们的事，如此而已。要想不那么快被折磨死，只好忍着点，少些思念，你才可以活得久长，让我再看到你。

这半年多来，你所受的委屈实在太深了，可是我也不好受。我从来没做过官，一做就干上了个这种工作，忙累不堪，倒是其次，心理及处事经验上，都是一大磨炼。每天为了应付各种业务，殚精竭虑，心情大概与我刚出道时差不多，可谓全力以赴。你常笑我，但实际上它对我的阅历闻见乃至知识都有帮助。我们从前读书，是在楼台上讲经世致用之学，却对典章文物、政体运作等，不甚了了；现在不经一事不长一智，从事上磨炼，外加理论印证，委实也有收获。将来干共产党的官也不愁了，这不是说我已经尝上官味、品出官瘾来了，我是说：这种情况使得我要忍受格外的痛苦，工作已经如此繁剧，还要想，更要挂念你，怕你因为我而受了什么伤害，这岂不是太苦了吗？

关于你的"桃花运"，我是跟你说好玩儿的，我哪会介意？相处虽不久，你的脾性及处事方法，我完全了解，不会瞎猜疑的。倒是我自己的事，跟你说说，你别骂我。

我习惯于与女孩儿相处，我家里四个妹妹，从小跟女孩玩儿，比跟男孩玩还要自然。但我不是贾宝玉，没那个条件，也没那个性情。渐长以后，男女之防也是注重的，只不过我喜欢，也会欣赏女人，偶尔把持不住，自也难免。因为女人不是器皿，一件玉器，你欣赏喜欢，摩擦其光泽姿态，没有关系。对女人却不可以如此，万一她也欣赏你，摩擦之又如何？……

鹏飞

2月6日

小兰：

晨起，嘉南平原上浮起薄薄的雾，看不见，只听得到一片虫鸣和鸟叫，中正大学的景色及气氛跟淡江实在非常不同。我久无此闲情，重返教职，而又南下嘉义，一切都感觉非常新鲜。

这星期因为要筹备开会，要整周留在学校，但也不寂寞，有一个观音菩萨生日，附近乡村大拜拜，请吃流水席。（从早到晚，随外来的客人吃，如流水不断。）系里也有些活动，周五、周六开会更是有的忙。我10月16日、17日两天办了一场宗教与生命礼俗的研讨会，做了一场专题演讲，28日办了两场中文系所发展座谈会及两场研究生论文发表会。这次要办的是台湾文学与社会，一连串的事，把准备给你写信的事儿耽误了，若非这周留在中正，只怕还要拖下去哩，届时你恐怕要杀了我。

17日在宜兰举行破土典礼那天，我与志文一道去，但车上不了山，因为有几万人，路全塞住了。许多团体包了游览车（不是一般的车，如大陆城市公交车或长途车那样的，是双层的大旅游车）。从全省各地来的，有的要开八九个小时，挤成了一团。我也上不去，路上指挥交通的工作人员很着急，替我找摩托车来，要载我上山，因为我们校区是一处山地，走上去要一个小时（塞得很远）。但我看大家都走，扶老携幼，我也走吧，所以杂在人群中走。烈日高照，宜兰本为雨乡，平均每年降雨日约两百多天，但那天特别晴朗，走得浑身汗透，幸好赶上时辰，顺利举行破土典礼。各界贵宾参加很多，准备了两百个自助摊位，两万种素食，全被扫光。仪式很隆重庄严，但志文被晒晕了，下山返台北，台北下雨，志文也吐了，我送他回家。星云大师他们在赶去林口开国际佛光会的大会，李登辉也去参加致辞，这是破土那天大概的情况。

学校的规划，我已草拟大部分文件，打印出来约有五十六页，但尚未写完，弄好后一并寄给你。这个学校，将来拟设五个学院，人文、社会、艺术、传播、国际。不办宗教学院，这是星云气魄宏大之处，我能得其支持很不容易。北大主动来函表示，希望将来与佛光大学合作。所以将来一定办得好，只是现在多费神。

你现在读书，能来台湾吗？我想找你来中正和宜兰。昨天我爸妈及我两个妹妹两家人都来中正玩儿了一趟，赞叹不已。宜兰佛光那儿，则将来要开辟成文教区，有两个大学（佛光边上，原先淡江买了一块地，要建宜江工学院尚未动工），一个文化艺术村，一个高尔夫球场。环境也不错，站在校区可以俯瞰整个兰阳平原，远眺龟山岛。你如果来，我们还可以去洗温泉。

小兰，离别很痛苦，想象则很甜蜜，是不是？我早上要上课，先写到这里。祝你愉快，美丽。

鹏飞

11月2日

五年断断续续的信札，记录了20世纪90年代初，两岸隔断了四十多年后，在这种分离的历史背景下的多少爱伤别离。电话经常是断断续续的，信经常丢失。能见上一面都是生命给予的最大奢侈。

台湾海峡装下多少爱情和亲情的思念、折磨与别离。咸涩的海水是我们这代中国人的眼泪。

多少先贤为了两岸"三通四流"（即通航、通邮、通商，与探亲、旅游以及学术、文化与体育交流）付出努力，要感谢的是邓小平、叶剑英、蒋经国先生。

1992年，海协会与海基会在香港就两岸事务性商谈中如何表述坚持一个中国原则的问题进行了讨论，即"九二共识"。海协会会长汪道涵及海基会董事长辜振甫先生为两岸和平统一做出了巨大的努力和贡献。

"两岸"人的生活因政治被隔离，但文化的血脉从未中断。几代人的努力，几代人的辛酸。庆幸的是中国人的命运不是朝鲜和韩国。

人生最大的遗憾是在不懂爱的年龄选择了婚姻，而在懂爱的年龄遇到了不能在一起的人，感情的事是无法按照时间顺序来排列的。

爱情使人疯狂，也让人纯净。

5

转年，五月的初夏，在鹏飞的努力下，我与唐教授去台湾淡水大学的学术访问终于成行。

我和唐教授从海南先飞到香港，在去台湾驻香港办事处办完手续，再从香港的启德机场飞到台北的松山机场。几经周折，一年的努力，我们终于在台北松山机场落地。

淡水大学的朋友们去接我们，我们住在了淡水大学，淡大是一个私立大学，特别美丽，是没有围墙的大学。

那一次，在台北待了十多天才见到鹏飞，天上下着小雨，他替我打着黑色雨伞，在雨中，我们只是含着眼泪微笑，谁都不知说什么好。

　　在台北路一家小咖啡馆，他点了一杯苦咖啡，不加糖不加牛奶，我点了一杯咖啡加牛奶。广播里放着歌曲《冬季到台北来看雨》：

　　　　冬季到台北来看雨

　　　　别在异乡哭泣

　　　　冬季到台北来看雨

　　　　梦是唯一行李

　　　　轻轻回来

　　　　不吵醒往事

　　　　就当我从来不曾远离

　　　　如果相逢

　　　　把话藏心底

　　　　没有人比我更懂你

　　　　……

这首抒情的歌曲，仿佛注定了我们的人生在雨中度过。

在相知相恋的八年中，我们隔着万水千山只见过五次面，心灵的相濡以沫却绵延一生一世。

后来，我才懂得，其实有很多感情是说不清楚的。有的人很近，你却觉得很远，有的人很远，你却觉得很近，心贴着心。心近，自然不远。

海口的红色木棉花，椰大的皓月，成为伴随我一生的美好回忆。我的爱情观深受张洁《爱，是不能忘记的》影响，是柏拉图式的精神恋。

又后来，在现实面前，我渐渐地学会用一生去忘记一个人。

6

20世纪80年代，改革开放初期，一切都在恢复中，人们如饥似渴地需求知识。几乎每个人都想拼命追回失去的"十年"。1993年，我考上了南大中国哲学史在职研究生，研究方向是中国哲学新儒家。一个班五个学生，一个男生，四个女生。第一天上课，我的西方哲学史老师家琪先生紧皱眉头问我们："你们四位女生，学什么不好？怎么想学哲学？"我们哈哈大笑。我忍不住说："没有选择，只有中国哲学史招生，我是想读文学的。"家琪先生平日很严肃，被我的直爽逗得笑了起来。

每天晚上七点半到十点半，上三堂课，老师讲得非常认真。一共开了十二门课，古汉语、中国文化概论、中国哲学史、西方哲学史、马克思主义哲学、哲学原理、文献学、宗教学等。

我最喜欢听的课是叶老师的《中国文化概论》，他从文学人类学的角度开始讲，他认为中西文化不同：中国文明决定文化，西方文化决定文明。

那时，叶老师提倡：中国文化寻根。

叶老师讲课风趣幽默，后来他成为我国文学人类学的创始人。

每天下课我骑着自行车回家，从教学楼到我家也就十多分钟，大多都是深蓝的天空，大朵的白云很低，仿佛跳一跳伸手就可摘，有时是撒满天空的星星，每个月的十五左右几乎都能看到硕大的皓月。

上了一天班，晚上接着上课，的确很累。但读研究生是对我孤寂的心灵最好的慰藉。我喜欢西南联大那些老师和学生，抗日战争时期，他们居无定所，头上是飞机，地上是大炮，在极其恶劣的环境下，坚持学习和研究，以知识报效国家。西南联大是世界教育史上的奇迹。

我们比那个时代的人幸运多了。

伴着明月、椰风回到家中，女儿裹着毛巾被酣甜熟睡，我匆匆洗洗睡了，丈夫还没有回家，有时也夜不归宿，说是喝大酒醉了没回家。

爱情和婚姻离不开时代背景，年轻时不懂得经营婚姻。

第六章

1

我在爱情、婚姻、事业中痛苦地挣扎和选择，丈夫劝我去美国上学，说分开一段时间，让我们重新考虑我们的婚姻。

我身心疲惫，长期失眠，终于下了决心暂时放下女儿两年，去美国读书。

1995年的夏末，我第一次坐了十几个小时的飞机，从香港启德机场直飞美国洛杉矶机场。当时我和丈夫决定要分手，他在椰市给我买了两个日本产的大箱子，一个绿色，一个玫瑰色，又买了一个可以上飞机提的绿色拉杆行李箱。

后来，我的女儿去英国留学也用这一套行头，它们陪伴我们母女两代人完成了去国外留学的梦。

到了香港，丈夫又给我买了一副墨镜，还有一件米色的长风衣，算是留念吧。以前我俩都穿着米色的风衣，丈夫又高又帅，风度翩翩，谁见到都说我们是般配的一对。不知为什么，从结婚开始我们经常吵架，特别是到了经济浪潮翻涌的椰岛，他放弃了记者职业"下海"后，更顾不上家了，白天上班，晚上天天有应酬，半夜能回来已经不错了。

在机场门口分离时，我们都掉下了眼泪，我们都明白，这一分开，也就是我们的分手。曾经一起生活了十多年，有一个宝贝女儿，割舍，就像自己砸断骨头，但还是连着筋。

造化弄人，外人看来这么一对十分般配的夫妻，日子过得吵吵闹闹，最终还是分了手。

那时，我才开始懂得，人不可能一生只爱一个人，时间走，时代变，人青春期的想法和成熟后的想法是不一样的。

年轻人无论追求事业还是爱情，都要轰轰烈烈，而成熟后人的生活和事业需要平稳而安静。

如果让我四十多岁选择，我不会为了逃避婚姻而去留学的。

这次选择彻底颠覆了我少女时一生只爱一人的信念，我们彼此都没有了爱情，但是我们还有亲情，还有女儿这个无法割舍的纽带。分开也是人生痛苦的撕裂，爱情与婚姻是人生最难最痛苦的选择。

2

1995年夏末的一个下午，约三点多钟，我抵达了美国的洛杉矶机场。好友海燕来接我，并事先帮我租好了房间。

海燕是我银川的邻居和好友，我们一起从银川到海南，她也是因为婚姻问题，到美国来分开冷静的。她是一位干练的知识女性，自立能力超强。

海燕接上我，开了大约一个多小时的高速路。

看到她自己开车，我大为吃惊。一路上她给我讲：
"美国是一个法治国家，按交通法，在高速上开车，不能
超速，也不能慢开，开慢车也要罚款。美国可以持枪，但
枪和酒只能放在后备厢。不能乱停车，否则会被罚款。"
又认真告诉我："你刚来，要去考驾照，先笔试，再路
考。还好你会开车，但中国驾照在这里不能用。"

终于我们到了洛杉矶的圣莫尼卡，这里都是二层的小
公寓楼，我和室友晓燕两人合租一套两室一厅一卫一厨的
公寓，房间特别干净，每人大约每月三百美元。

我刚到，特别兴奋，看到什么都稀奇，自来水接上就
能喝，所有支出都是用现金支票。

我先到洛杉矶，是准备上GRE班，参加考试，通过后才
能申请学校。

在洛杉矶生活，没有汽车是不行的，只有在市中心才
有公交车，出门买菜都要有自己的汽车。

我用了一个星期的时间自学，去参加了考驾照的笔
试，过关后又参加路考，一个黑人考官，还算友善，加上
我本身会开车，只需要背几句英文句子，左转、右转、拐
弯、前行、停车等等，能听懂她的话就好。

我拿到了驾照，海燕又找人帮我买了一辆二手的日本车，两千多美元，很省油，方向盘也轻，只是这个车像塑料壳似的。车是腿，大家都很忙，必须靠自己。

3

有了车后我开始每天上半天课，上GRE班。生活非常有序，早餐自己做一个三明治，喝点牛奶，开车约半小时去上课，中午在外面买一个汉堡，晚上自己做饭。就是十分想念女儿，经常悄悄流泪。

一天背几十个单词，想到奋斗，上学也就坚持下来。

初冬的一天，洛杉矶不冷不热，我穿着棕色连衣小皮裙，开车去上课。中午下课，老师问，有没有同学愿意下午跟他一起去海边玩，我来洛杉矶快三个月了，那是第一次去玩，特别高兴。

我们七八个人来自中国的不同城市，在海边吃烧烤，喝啤酒，看月亮，大家都想祖国了，出来才知道祖国最亲，那是一种流浪的感觉，我们手拉手，相互问，哪个方向是中国？太平洋隔不断想家的心。

不知不觉玩到天黑，同学开车把我拉到学校，我自己再开车回家，走了一半，车亮了红灯，仔细一看原来是车没油了。我很紧张，洛杉矶的高速公路很宽，车少时规定时速七十英里，你不能慢，也无法停，我只好硬着头皮开，边开边找出口，无论是哪，先出去再说。又开了约有十分钟，出去上了辅路后停下，见人就问哪有加油站，打听到前行两站地有一个加油站。车上的红灯不停地闪，我不敢开车了，在路边的7-11便利店买了一个大塑料桶，大约能装五斤汽油，我一路小跑，去加油站买了一桶油提着走回来，打开油箱加满，把车开了回去。

美国就是这样一个国家，你自由，但你必须独立，无人可靠，完全靠你自己，每个人都紧张地遵循着法律规定范围内的自由，为了生存和生活去工作。

第二天早上起来，太阳冉冉升起，我照常开车上学。走到一个大十字路口，红绿灯坏了，我走到第一排，没红绿灯指标，我不知道该走还是不该走，只好停下，约两三分钟之后，后面的汽车开始按喇叭催我，我四处找警察指挥，但没有一个警察。我定神一看，原来人家是横着过一辆，竖着过一辆，非常有秩序，我旁边的一个棕色皮肤的人，打开车窗用英文嘲笑我："我说谁这么笨，原来是中国女人在开车。"

这些美国人被教育得的确规矩，平日在小路上开车，没有红绿灯，没有人，遇上STOP白色标识，你都必须停一下再开，每个人都遵守。

海燕提议我们一起去洛杉矶的大熊山玩，她津津乐道地告诉我，大熊山很梦幻，山下穿T恤，山上能滑雪，叮嘱我带上皮大衣。

在一个初秋的早上，我们一行五人，海燕、芳芳和她的法国男朋友，晓燕和我，出发去大熊山。开车的法国男人是个大高个儿，这有点出乎我的意料，因为以前看的电影上的法国男人都是小个子。他只会几句简单的中文，大家又谁也不懂法语，只能用英文交流。那时我才明白，世界的确需要有一种语言让不同肤色的人能够交流。

那天洛杉矶的天空又高又远，法国男人很绅士，他开车，我们四个女人一台戏，痛说"革命家史"，先是每个人争先恐后地痛诉老公怎么不好，然后是想念孩子，泪眼婆娑。

不知不觉上了盘山路，法国男人不时地通过后视镜有点紧张地看着我们，一脸摸不着头脑的表情。我们当时一直在用中文交流。

坐在副驾驶上的芳芳不好意思了，开始用英文转移话题，讲美国的法律、脱口秀等有趣的事。

经过几个小时的车程，我们终于到了山顶的滑雪场，穿着皮大衣拍了几张照片，吃着比萨和炸土豆条，喝着可乐，在小木房的长条木凳上坐着看远山。

吃完饭，芳芳建议，这顿饭我们四个人AA制，不让法国男人出钱了，他为我们开车很辛苦，大家都同意。

法国男人露出满意的微笑，用法语说："谢谢。"

这是我第一次知道AA制，在美国就是这样，再好的朋友如果没人说请客吃饭，也全是AA制。没人假客套死爱面子，打肿脸充胖子没钱也要抢着买单。

回来的路上，芳芳担心法国男人开车犯困，把英语歌曲声音调得很大。

看着夕阳，披着晚霞，我们回到洛杉矶我和晓燕的房子。

我说，你们喝茶，我来做饭。

厨房是开放式的，两个煤气灶，一个煮米饭，一个炒菜。我干活的习惯，要么不干，要么快快干，好好干。我迅速打开冰箱，先把肉用冷水泡上解冻，再把大米泡上。

晓燕帮我择菜、洗菜，大约一个小时做了四菜一汤、红烧茄子、西红柿炒鸡蛋、肉片炒葱头、蒜蓉西蓝花，一大锅西红柿鸡蛋汤。

法国男人用中文连说"好吃"，端起西红柿炒鸡蛋和红烧茄子的盘子，连盘底的汤都喝了。

我一脸惊讶，真有那么香吗？还是说没吃饱？

海燕看出我的表情，低着头微笑着用中文对我说："看来也是一个不富裕的主，这么饿，把盘子都舔了。"

"是不是没吃饱？"

"吃了两大碗米饭，四个菜他每个菜吃了一半，喝两碗汤，还没吃饱？"

芳芳解释道："是中国菜好吃。"

"我担心他没吃饱，喜欢就好。"

送走他们，月亮出来了，这是我到美国这几个月最快乐的一天。

又过了一个月，大约年底12月份，我的室友，找了一个美国白人男朋友，他高大有风度，蓝色眼睛，戴一副近视眼镜，学计算机的，话不多，人特别好。一天他和晓燕来，我牙齿痛，智齿发炎了，他坚持去药店给我买了牙痛水，否则我真不知道去哪看病，听说美国看牙医非常贵。

晓燕对我说从下个月开始她就要退这个房子了，要搬去与男朋友同居，我既为她高兴又有些失落。她离婚了，还有一个儿子在国内，她特别想嫁美国人解决身份问题。

我一个人怎么办？房租每月要六百美元，我的钱也不多，我要节约。

还好她搬走也就两个月，我的学校也给了我offer，我被录取了。

我的GRE成绩刚够线，用一百分换算也就是六十多分，上好的学校不可能，在报纸上看到阿肯色州理工大学招收教育学硕士，我做了选择。一是我的GRE成绩可以，二是学费低，公立学校，一年三千多美元学费。

4

8月的一天，我从洛杉矶乘坐一个多小时飞机，飞到小石城机场，学校派玛莉亚来接我们十几个人。上了大轿车，玛莉亚开始笑着介绍这座美国东南部密西西比河下游的小城市。玛莉亚个子不高，清瘦，灰白色的直短发，白皮肤，蓝眼睛，挺直的鼻子，她是我见过的五官最不夸张的可爱型美国美女。

我学校在R镇，一路走去，两旁全是丘陵和树木，几乎不见房屋。一个多小时的欢歌笑语，我们到了学校，学校没有校门，西边较矮的石头墙上写着校名：ARKANSAS TECH UNIVERSITY。

学校不大，但功能齐全，红砖墙的教室，每个院子是分开的，我们是教育学院，有图书馆、电脑室、自助餐厅、学生宿舍，男生楼与女生楼分开，进出要登记，晚上八点男生不允许进女生楼，女生也不允许进男生楼。

下车后，玛莉亚特别熟练地打开事前准备好的夹子，一人一个，里面有办好的宿舍房卡。

一路走来，她看出我的英语不好，只是微笑或用眼神和我交流。或许是她知道我在大学工作的原因，对我十分尊重照顾，分配完后她叫我："Laura，有任何问题欢迎随时找我。"我只会说："Thanks！"

这是我第一次在文化背景和生活环境完全不同的地

方，同时走进灰房子和红房子——我的宿舍是浅灰色砖砌的三层楼，教室是橘红色小条砖砌成的。

这里的一切都很舒适，不张扬，就像这里的人一样朴实。静悄悄的小树林，小鸟都很懂事，在天空中飞来飞去，落在树上也很少听到它们叽叽喳喳的叫声。

我的宿舍在一楼，两人合住一间，室友是台湾女生敏芬，她始终没有起英文名字。

敏芬是两个小孩的母亲，儿子五岁，女儿三岁，她比我小两岁，人小巧玲珑，温柔善良。她先生在洛杉矶做小生意，他们十多年前从台湾移民到美国。她学教育学是为了培养好两个孩子，顺带着学英语。她是专职太太，衣食无忧，单纯可爱，凡是有三天以上的假期，她就飞回洛杉矶看孩子。

我也十分想念我上小学五年级的女儿丫丫，我把她的照片摆在桌子上，只要看见她就不由自主地流泪，我只好把她的照片放在枕头下。

我是一个狠心的母亲，不知道为了什么放下孩子，远离她，谁能像我那样贴心地照顾她？自责的心情一直伴随着我。后来，家里人都说女儿什么都好。

那时我特别节省，几乎很少买新衣服，偶尔买两件衣服，也是在大仓储超市，没有超过十五美元的。美国的物价的确便宜，买衣服的价签上明确标着消费税，当时是百分之八。

在美国上学，后勤服务到位，一切都准备好了，你只管学习。

我们的宿舍中间是一个卫生间，淋浴室是共用的。

刚进宿舍，旁边的白人姑娘就与我商量早上的洗澡时间。是我们先洗，还是她们先洗，需要安排时间，洗十分钟还是二十分钟？

简单的英语我还能懂，我告诉她："你们放心洗，我俩晚上洗澡。"

她高兴地大笑说："太好了。"一扫脸上的严肃和紧张。

那是我第一次知道美国人是早上洗澡，她们会把头发吹得整齐，充满精神地迎接新的一天。

我没与敏芬商量，本能地就做出晚上洗澡的决定。后来我才想起问敏芬："晚上洗澡可以吗？"她微笑道："当然好，好轻松舒服地睡觉。"

我不禁哈哈大笑，同胞养生的想法都一样，虽然大陆与台湾几十年不往来，但没有文化沟通障碍，只是没想到台湾人国语讲得那么好，传统文化继承得也好，非常有礼貌。

在美国打电话，你听不懂英文可以选择中文，接线员都会问你，你选择普通话还是广东话，香港人受英国殖民文化影响很深，所以传统文化有断代，生活思维方式也很不同。

稳定而有规律的学习生活开始了。每天七点起床，洗漱后去餐厅吃早餐。我们早上第一节课有时八点半开始，有时九点，一般上午都是四节课。中午十二点左右下课，直接去餐厅吃中午饭，可休息一个小时，下午多是自己动手的实验课，如果没有课就两点去图书馆。老师要求读的课外书很多，每门课都有书单。晚上六点去餐厅，七点去电脑室写每天的作业。

学校的伙食特别好，西餐很讲究营养，一开始我吃不习惯，但没得选，后来吃什么都行。他们会标注每个菜的热量、卡路里和脂肪含量，但谁顾得上，两年后我回来时体重增长了五公斤。

开始上课时连猜带蒙，半年后还可以，但也不全懂。

一天，教授教育哲学课的老师讲完课，让大家思考并提问，我实在想不出来，想出来的深刻问题又无法用英语表达。于是我提了一个轻松的问题："我认为，吃素食的人比吃肉食的人温顺，吃肉食的人比较凶猛。是这样吧？"

老师闪烁着蓝眼睛，这位老师有点像犹太人，很稀少的浅棕色头发，清瘦的尖脸，长下巴微向上翘，深深的眼窝。他停顿了片刻，勉强回答我："Laura，不完全是这样的，希特勒吃素食，但他很凶残。"

我不是很服气，觉得老师"以偏概全"，希特勒吃素食是个例外，如果从普遍性看，老师的解释还是说服不了我。

无论如何，学习教育学让我懂得童年的生活和所受的教育会影响一个人一生的成长。

学校的生活非常有趣，有时周末学校组织留学生party，非常好玩；有时同学组织去校旁阿肯色河旁的小公园烧烤，每个人带一个菜。

吃过烧烤，大家又唱又跳，好不热闹。

有一个白人，金发，蓝灰色的眼睛，个子看上去近一米八。穿了一身牛仔服，手里拿了一个小木棍，举着刚烤好的棉花糖向我们走来，我旁边的同学薇薇推我说："找你的。"我转头一看，他面带微笑，看上去有一点点土气。话音刚落，他真把棉花糖送给我，我不知怎么办。本来我的英语就不好，一紧张，一句话也讲不出来，满脸通红，他也有点尴尬，脸由白变成粉色。

薇薇急了，用手又推我："快接过来，不礼貌。"

我用英文说了谢谢，接过棉花糖。

他坐在我旁边，自我介绍，他叫Bruce，在读西班牙语的博士，又讲他为什么喜欢西班牙语，又讲棉花糖的工艺制作，我只能听懂百分之五十，薇薇不停地帮我翻译。

我在学校的图书馆计算机室经常碰到他，用计算机制作教学课件还是他教会我的。

Bruce家庭条件很好，但他还是自己打临时工，每天放学后去酒店做服务员。

美国就是这样的文化，从小培养孩子独立的习惯。

后来，Bruce成为我在美国最好的一个朋友。一个夏日的周末，他开车带着我和薇薇去他家。阿肯色州本来就落后，郊区是一望无际的农田，绿浪般的草地，山丘上一片片的紫罗兰连接着天边。汽车穿行在一片绿色中，不见人，车也很少，稀稀拉拉几辆车，开了近三个小时，到了他的家。

他家是独栋别墅，有一个大园子。他的父母非常热情，母亲亲自下厨给我们准备了丰盛的午饭，还有苹果派。

茶具很考究，白色的法国印花瓷器，饭后我们喝了英国红茶。

他母亲拿出许多相册，让我们看Bruce从小到大的照片。整个一个混血家庭，有意大利人、德国人、英国人等。

美国的确是一个移民国家，包容性很强，这份包容性来源于他们大多数人都是混血，不是一个民族的血统。

Bruce开着他那辆破旧的浅银灰色小皮卡车，摇晃在田野的路上。蓝天下，辽阔的田园一望无际。Bruce打开车里的音乐，*500 Miles*那古老优美的美国乡村歌曲回荡在天空。

歌曲勾起了我对故乡的思念，我想家了，想念我的母亲和女儿。

生活充满了无奈，但生活也充满了机会。

暑假，Bruce邀请我和薇薇去圣地亚哥参加他奶奶的九十岁生日party，机票自理。

夏日的早晨，我们从小石城飞往圣地亚哥，大约三个多小时，小飞机。早上七点多飞，十点多到。

出机场，叫出租车直奔Bruce奶奶的养老院。

我们乘电梯上了六楼，一居室有三十平方米左右，一个卫生间，白色的床可以升降。房间的设施基本按照医院设置，到处可见"把手"，房屋细节非常适合老年人。

屋里挤满了老小一家人，Bruce的父母及他们的兄弟姐妹，还有第三代孙子辈，大小加起来有二十多口人，屋里满了，有的站在门口，好不热闹。

我们是Bruce的朋友，站在他奶奶身边，Bruce的奶奶有着纯白的头发，布满皱纹的白净脸面上，闪烁着一双蓝色的大眼睛，格外清纯透明，像水晶球似的，长长的睫毛一眨一眨，像一个老洋娃娃，她涂着大红色的口红，很可爱，始终微笑。

大约半个小时后，奶奶说请我们大家去餐厅吃饭，我们看着她自己穿衣，穿鞋，坐在轮椅上，Bruce的爸爸推着她上了电梯。

这个养老院是六层坐北朝南的板楼，一层是餐厅，一个长方形餐桌，奶奶坐在正东边，两边是我们。西餐就是比萨、蔬菜沙拉，还有牛脖子西红柿汤，各种水果，红酒、香槟、可乐，最后上了一个五层的奶油大蛋糕，大家一起唱生日歌，送祝福。

吃过晚饭也就六点多钟，Bruce的爸爸推着奶奶，大家拥在后面，慢慢把她送到电梯门口，奶奶与每个人拥抱后，自己按了轮椅的电开关，独自进了电梯，又转身面对我们，摆摆手向我们告别，这时她没有笑，也没有流泪，按下电梯独自上楼了。

顿时我非常难过，与Bruce的家人告别后，我迫不及待地问Bruce："为什么不搀扶她老人家上电梯，然后送她到房间？"

"那样她会感觉我们认为她老了，这样她能行，还能独立。"他认真地给我解释。

那时我才知道，如果没有与美国人生活，你不会完全了解美国的文化。一个人的独立和自由在他们的血液里，就像中庸之道在中国人的骨头里。

我们回小石城的航班是晚上的，还有时间。Bruce带我们去散步。

我们漫步在美国加州的圣地亚哥，优美的海湾，棕榈树、椰树在夕阳下婀娜多姿。Bruce慢悠悠地讲述圣地亚哥的历史。这里原是印第安人的故乡，土地肥沃，气候温暖，海洋资源丰富，印第安人在此以耕种、捕鱼、打猎为生。约16世纪，欧洲探险者来到这里，打乱了印第安人宁静的生活，开启了欧洲殖民统治时期。

后来，加利福尼亚成为墨西哥的一部分，又后来，美国发起对墨西哥的战争，将墨西哥人赶出了加利福尼亚。

Bruce讲得很有历史沧桑感，没有想到不到三百年的美国历史也令人感动。

我们安静了一会儿，Bruce问我在想什么？

我看到了熟悉而亲切的椰树和棕榈树，告诉他我想家和女儿了。

这么美的风景，为了不让我的情绪影响别人，我讲了海明威的《老人与海》的故事，小说情节简单，是讲一个名叫圣地亚哥的老渔夫，一个小男孩，和一条大马林鱼的故事。

海明威的确是大家，生动鲜明地刻画出了孤独坚强的硬汉老人形象，面对不好的运气，出海八十四天打不上鱼，却从不言弃。

我问Bruce："这里本来名字是'San Diego'，是不是因为海明威这部小说的硬汉老人叫圣地亚哥，又起了一个新名字？"

他笑着看着我说："并不是，那是两个名字。"

我也为我的文学情结和天真的想象感到好笑。

晚上八点多，我们乘飞机从圣地亚哥飞回小石城，一百多人的小飞机，非常安静，听不到大声说话的声音。

Bruce进入梦乡，我却想念女儿。

到了小石城，Bruce开车，到了学校已是夜里，夜空深远，又大又圆的月亮挂在天边。

6

临近期末毕业考试，美国的考试是多种方式，除最终的笔试，还有平时的作业，每次学完一个单元，老师就要求根据内容，写出自己的观点，不能雷同。还要分小组完成团队作业，培养团队协作精神。这次我们被分成三个小组，策划一个教学课程，包括准备教学用具。我们连续做了三个下午，到第二天要交作业那天，我们还加了夜班。

夜里三点多走出教室，初夏的夜空，空气清新，我们被云雾裹着，像是进入仙境，相互间看不清楚，男女同学手拉手往前走。大家唱着周华健的《朋友》，学校有一些亚洲人，但让我感到亲切的还是台湾同胞。我们回到宿舍瘫倒在床上就睡。

考完试后放暑假了。同学们大多都回家了，我在学校读书，闲暇时去小河旁采野花。红的、粉的、黄的、紫的，一大捧鲜花，唱着歌回到宿舍，把花插在花瓶里。没过几天，我早上起来，一连串打了十几个喷嚏，鼻子不通气，我以为是感冒了，连忙吃从家里带来的中药，也不管用，只好去校医务室，医生说是花粉过敏了。

以前在国内，凡是打喷嚏都以为是感冒。

在美国最喜欢看夕阳，夕阳是我最好的友人，无论是从教室出来，还是吃完晚饭散步，我都会沿着学校西边的一条小路追着夕阳走。

最美的孤独是在周末，夏日的傍晚，夕阳西下，凉风吹拂，红霞洒满了阿肯色静美的河水，没有人，也没有狗，格外安静，只能听到微风吹着树叶的声音。

学校的生活简单又艰难。非常单纯，就是学习。英文基础太差的我，每天要背几十个单词，好在老师不挑语法错误。

只要闲下来，我就会不停地想念女儿，想念家人。每个周末，算好时差给女儿丫丫打电话，她爸爸太忙，把她放在朋友金家夫妇家，我担心她不懂规矩惹别人生气；又担心不像在我眼前，由着她耍性子；担心她青春期快到了，情绪有没有波动；父母不和，对她有没有心理影响……金家夫妇人很好，把丫丫喂得又高又胖。他们有个儿子，特别喜欢女孩。

每次我们通话，她从没说过想我，我不在，她很开心，写完作业就可以玩，不用学钢琴。她爸爸在海南、北京来回飞，没有人约束她。

毕业后我想回国，我丈夫知道后说：不要回来，他在美国买别墅，让我带着女儿在美国生活，等他退休后再来美国。

我毅然决然地买好了机票，拿到教育学硕士证书的第二天就回国了。

尽管我和丈夫之间一切都淡了，但为了给女儿一个完整的家，我们还是做了最后的努力，但是没过两个月，我们还是从法律上彻底分手，给这段婚姻画上了句号。

多年后，每当我对女儿说起我在美国学习离开她的那两年，我都觉得很是对不起她，很歉疚。

她却说："那是我最快乐的两年，没人管我。"

真是应了那句老话："父母的心在儿女上，儿女的心在石头上。"女儿从不与我表现出很亲切的样子。

有时候我不解地问女儿，我说："人家都说女儿是妈妈的小棉袄，你为什么从来都不对我亲呢？"

她说："那是你没有从小培养我对你亲。"

看来一切的教育都要从孩童抓起。

第
七
章

1

　　我终于取得教育学硕士学位回到北京，很快参加了工作。我走进了一个崭新而陌生的工作环境。当一名有作为的公务员，的确是我三十多岁后，重新燃起的人生第三个理想。第一个理想是当医生，第二个理想是当作家，但都没有实现，我暗自下决心，第三个理想一定要实现。

　　我被分配到中央国家机关某部委政策法规司教育处工作，办公楼是五十年代梁思成先生设计的六层浅灰色小砖楼房，地面是水磨大理石，上面撒满了小白石子，没有电梯，我的办公室在五楼，大约有三十多平方米，我们四个人一间。

这里的人都很客气，但有时候也很严肃。大机关里没有公事一般都不串办公室，休息时偶尔说两句工作以外的话，也是你昨晚看了什么电视剧？读过什么书？最近有什么新思想？

工作内容比较简单，负责全国档案馆工作的培训以及成人高考。

我没有宿舍，租了一个离单位比较近的地方，骑自行车大约十五分钟就能到。租的房很小，在西城区王府仓胡同一个六层小板楼的二楼，两居室。我带着女儿一起生活，女儿天天骑着自行车去丰盛中学上初中，就在我的单位附近。这个单位基本没有加班，我每天按时上下班。

我很快与法规处的处长戴欣成了好朋友，她个子高挑，五官端正，大鼻子大眼瓜子脸，说话低声慢语。我特别喜欢她沉稳的样子。每天中午我们在食堂吃完饭，同事们会聚在一个办公室打扑克牌"拖拉机"，每次打完牌他们还要切磋牌技，玩得特别快乐。我不喜欢打牌，也没地方休息，几乎每天中午都约戴欣在西单大街上散步。

西单大街好一个繁华热闹，有好几个婚纱照相馆，有老北京菜馆"砂锅居"，有许多餐饮店，还有咖啡屋，老爹茶座。小百货商店门口都有喇叭喊着"走过路过不要错过"，特别热闹。西单大街约一千五百米长，南北走向，"西单商场"也是北京有名有年代的一个大商场。我们会从一层转到三层，一层是化妆品和各种皮包、手表等，二层是女装，三层是男装和休闲服，商品琳琅满目。走出商场，再从天桥走到对面的大悦城。无论春夏秋冬，只要没有特殊的事，我们就天天漫步在这条繁华的大街上，说说家常话，有时候也谈一点工作上的想法。我当时比较孤单，因为工作不是我想象中的那样，档案工作是一个默默无闻的工作。我们俩经常在西单商场转一圈，什么也不买，又溜达回单位，她人特别好，经常提醒我开会时不要乱讲话，最好不发言。

1998年冬天的一个中午，我的手机铃声突然响了，是一个陌生的电话号码，我接通一听，竟是鹏飞的声音。

我很惊讶："你怎么能找到我的电话呢？"那时我们已经有三年多没有来往。

他说："你在天涯海角我都可以找到。"他的口气充满了得意与自信。然后他告诉我是从王教授那里知道了我工作的信息和电话。我又惊又喜。他说他从台北来到北京，来谈一个教育合作的项目，还要参加一个国际学术会议，问我有没有时间见一面。我犹豫了一下，还是答应了，我说上班没有时间，只有周末有时间。他说那好吧，我们就定在周六见。

天空飘着雪花，我开车，我们一共五个人，鹏飞带了两位教授，还有一位助理。我的车技不娴熟，开了很久，终于到了北大门口。整个燕园被大雪笼罩，路面、房顶、树枝上全是白雪。我们把车停到一个灰色小别墅的院门口，据说那是我国著名语言学家王教授的家，鹏飞想给正在筹办的大学买他家的线装书。

走进王教授家，灯光昏暗，我大为震惊，一个六十多平方米的书房里全部是书柜，更像是中药铺子，一个个木头匣子，拉开以后，都是蓝色的线装书，当然我一本也看不懂。鹏飞小声地在我耳边说："小兰，你先跟我的助理到外面转转，我在这儿谈点公事。"我欣然答应。

我和他的助理走出王教授的家门，门前有一棵百年老树，枯枝上挂着一轮皓月，雪后的天空格外干净和宁静。雪还没有化，大地白茫茫，脚一踩，是咯吱咯吱的雪声，身后留下我们的脚印。我们站在树下，看着月亮，月色凄美而又温柔。

不一会儿，鹏飞谈完了公事出来，轻声对我说："我们在北大转转，从前你在北大转过吗？"

我说："没有。"

他先带我到了一座颇富北大特色的中式四合院，红墙红柱的院子，我赞叹这才是北大的建筑，这才是北大的风格。他边走边给我讲了北大的历史，讲了蔡元培、胡适、梁漱溟、傅斯年、冯玉兰那代知识分子在北大的故事。我们又到哲学系和历史系转了一圈，灰色小楼也很雅致，改造后的中式建筑现在成了北大的博物馆。

随后鹏飞又跟我说："我带你去未名湖看看吧。"未名湖银装素裹，坚硬的冰中裹着去年夏日的残荷。我们在冰面上小跑着，他用路边的一辆自行车在冰上带着我溜冰。

我说："我担心摔倒！"

他边骑边说："有我在，你放心吧。"

我真不知道这个台湾书生写了那么多书为什么却一点也不呆。他带着我绕了未名湖大半圈，最后和我双双摔倒在冰上。还好他可能已经意识到要摔倒，所以车子是慢慢倒下的。自行车摔到一边，我们俩躺在冰上，看着天上的皓月。躺了一会儿，他起来拉我说："冰上凉，躺久了会受寒的。"

　　他拉着我，又在冰上奔跑，把后面的人甩了很远。那是我平生最美好、最难忘的冰上玩耍，一切美好和浪漫都在雪花中，留在了未名湖畔。

　　一直到大约晚上九点多钟，我们才往回走。他略有遗憾地跟我说买书的事没谈成，对方要价太贵。

　　天空又开始下雪，路滑，我开得很慢，大片的雪花落在我的车窗上，我不停打开雨刮刷着，马路两旁的黄色灯光被雪花包裹着。

　　雪花，灯光，黑色的天空，德胜门的城楼在大雪中显得更加古朴美丽。

　　突然，我的车陷入一个小的雪坑，车轱辘怎么也开不动，我心想自己的车技真丢人，车上还拉着其他几位台湾教授呢。怎么办呢？又是倒车，又是加大油门前进，来回折腾了半个多小时后，才从雪坑中爬出来。当我把他们送到民族饭店时，已经十点多了，我回到家十一点，又累又困，还好女儿自己已经睡了。我躺在床上，想着在未名湖冰上看月亮的情景，甜甜地睡去。

鹏飞在北京待了一个星期，我们俩在民族饭店对面的"三味书屋"喝茶叙旧，又想起了那年他来北京开学术会议，我专程从海南来北京看他，也是在这个"三味书屋"喝茶，吃茶点，哭着送别。那场景历历在目，我们俩倾诉着三年没有来往的经历。他讲了辞掉公务员后办大学的不容易，我说着我的英语那么差，在美国上学生活的不易。我们讲了三年离别的状况，但是谁都没有去碰最敏感的婚姻话题，尽管那时他也知道我已经单身，独自带着女儿生活。

2

年底，冬日的一个下午，我们的大领导来局里调研开会，突然让秘书找我。他问了我工作一年来的情况并给予了我一定的表扬，但也提出了一个要求。他说："我们这个单位纪律性强，所以对工作人员要求严格，你要踏实努力工作。以前的同学、老师、朋友最好就不要来往了，生活圈子要简单，两点一线上班回家。你一个人带着孩子生活也不容易，有合适的人可以考虑再成一个家。"

领导谈话后，我非常慎重，我想到我有美国留学的经历，又有鹏飞这么一个台湾朋友，在这样的单位工作，社会关系有些复杂，弄不好会给领导找麻烦，这我心里都很清楚。

一天中午，我拉着戴欣去西单商场散步，在路上我跟她说："领导跟我谈话了，我有点儿压力。我舍不得我这个交往多年的台湾朋友，他才华横溢，人品又好，跟他交往，我能学到很多东西。如果突然断联，把手机号全部换了，会不会太无情无义了？但是，不断吧，我又怕影响到我的工作。"

戴欣很认真地跟我说："我们这个单位现在已经好多了，'文革'以前要查祖上三代，都得是红色的，而且没有任何海外关系才能进来，结婚都是要政审的。现在开放多了。我们单位，只有两个留学回来的，一个是科技司司长，他原来就是我们单位的，又到英国留学，读博士回来，你是外来的，留学美国。我们这里原来没有留学生，现在宽松多啦。但是这个单位进人政审非常严格，你要在这个单位工作就不能让自己的社会关系太复杂。不要惹麻烦，还是断了吧，把手机号换了，不要再联系。因为好多东西你没有办法说清楚，也没有办法证明自己的清白，别给自己找麻烦了。"

经过一段时间的思想斗争，我做出了自己的选择。既然我已经选择了这个单位，选择了我的这份职业，我就应该遵守这个职业的规则，所以我换了手机号，与我美国的老师、同学以及鹏飞都不再来往。

日子一天天平淡地过着。我与我的司长开始了交往，他是单身丧偶，独自带着一个上高中的儿子。他性格内向，看上去人忠厚老实。中午在局里休息，我开始偶尔与他还有同事们打"拖拉机"，我俩是搭档，慢慢地熟悉起来。他个子不高，说话不紧不慢，看上去稳稳当当，十分靠得住的样子。偶尔交流中得知他会做饭，特别是会包饺子。我们开始交往的原因很简单，因为我俩的经历类似，他也是有过家庭，还有一个儿子，我带着一个女儿。

当同事们知道我俩准备结婚时都深感吃惊。特别是曾经当过领导的机要秘书的瘦高个儿老刘，他是我的河北老乡。他找我说："唉，真想不到，你怎么能找他呢？你们俩完全是不同的两种人，走到一块儿不会幸福，你别怪我直爽，我是对你负责，你又漂亮，又聪明，人又好，怎么可以找他呢？"

我很认真地说道："谢谢您真心待我，他会做饭，也会对我女儿好。"

漂泊了多年的我，想安心地过日子。我宁可过无话可说的日子，也不想再过天天争吵的生活。

2001年，我组成了新的家庭。他大我六岁，经常让着我。

我们有了新的家，在北京西北角，家是砖红色十三层塔楼，我们的房子在五层。建筑面积一百平方米，使用面积七十六平方米，小三室一厅。不知为什么，我就是喜欢红砖房，两个阳面阳台的墙壁，我也用砖红色的小砖铺上，摆上原木色的茶几，喝茶、吃饭。

我终于有了安宁的归宿，两点一线，白天走进灰砖房上班，晚上回到红砖房吃饭、看电视、睡觉。

工作有规律，生活按部就班，所有往事都留在心底。

时间、地点、人物都变了，我也在改变中，不变的是我依旧喜欢看月亮和夕阳。

这一年，我最难舍的是我女儿丫丫，她要去英国伦敦上学，我给她准备了两大行李箱的衣服。送她到机场时，我不舍又担心，哭得像个泪人。那时她只有十六岁，只身一人去伦敦。从此我多了一份担心和挂念，每个月发工资的第一件事，就是跑到西单商场买一斤咸的鱿鱼片，再去邮局给她寄到英国，只怕她营养不够。晚上，在灯光下，给她织薄毛衣、厚毛衣，一针一线织着我的挂念和担心。

我再婚没多久，按照干部回避制度，领导找我谈话，说他是司长，我是处长，在一个司得注意工作上的回避。所以我被组织调到了中直机关一个单位的宣传部教育处工作，这对我来说又是一个新的工作和环境。

3

我在新单位的宣传部教育处任处长，工作内容主要是负责中直系统三十八个机关党委的学习、教育、培训工作，特别是副部长以上干部的学习、培训、讲座。这个工作比我以前的工作量大，且主要是文字工作。每天都有大量的信息和简报，我们处只有两个人，我和红梅。她大学本科毕业，三十多岁，刚生完小孩儿，个子不高，瘦小，聪明能干。

刚开始，大部分稿件都是她打字，我来修改。没过几个月，我们赶上学习贯彻落实"三个代表"重要思想的工作，大量的简报、稿件、领导讲话，都由我们处准备。一般简报由红梅来做，我稍作修改调整，可是领导讲话和调研报告只有我来上手。我们的宣传部赵部长，瘦高个儿，一头银色白发，要求非常严格。他是老三届高中毕业，又上了机要干校出来的，赶上"文革"，没有上大学，他文字功底特别好，当了多年的宣传部部长，写调研报告和领导讲话都非常专业。

赵部长为人厚道老实，我从心底敬重他。记得有一次写领导讲话时，我改了不下十几遍。当改到第三稿时，他已经忍不住了。他打电话把我叫到他的办公室，眉头紧皱，严肃地对我说："这样写可不行，怎么改了这么多遍还改不出来个样子？写领导讲话既要有高度，又要结合实际。"

我不好意思地说："好！我再修改。"

他又接着说："你站位要高，要站在领导的位置思考问题，还要接地气。"他边说边把稿子给我，又补了一句，"抓紧时间，明天交稿！"

我压力很大，虽说我年轻时写过一点儿散文，当时来工作时还雄心壮志想着左手写好散文，右手写好公文。没想到十二种公文中领导讲话和调研报告是最难写的，我几乎都写哭了。

不知不觉就到了下午的下班时间，我一看表已经六点半多了。我说："红梅，你快回家吧，孩子还等着你。"

红梅不好意思地说："处长你加班，我怎么好意思走？要不要我帮你什么？"

我说："不用了，你走吧，你明天把简报做了就好，我还需要修改稿子，你不用管我。"

红梅说："那处长我先走了。"

我说："快走吧，快走。"

我就这样一直写着，隔壁处的海翔是我的好朋友，他三十多岁，内蒙人，中等个儿，戴一副近视眼镜，头发过早谢顶，人很好。他的家离单位很近，大约晚上八点多钟他突然敲我的办公室的门，推开门伸着脑袋对我说："怎么你的灯还亮着？还在加班呀？"

我说："你回家吃完饭又跑来干吗？没时间跟你说话啦，明天部长要稿子。"我不停地敲着键盘。

他挤眉弄眼地说："我来单位洗衣服，省我们家的电和水。"说完他哈哈大笑。

我惊奇地问道："单位有洗衣机？"

他说："有啊，就在值班室。"

我说："快去洗衣服吧，别打扰我，我的稿子改了很多遍了，部长还是不满意，明天早上八点上班要我交稿，我今天晚上就不准备睡觉了，快走，别打扰我。"

他说了句"不打扰你啦，我去洗衣服"，顺手关上门走了。

我仔细琢磨怎么站在领导的高度思考问题，我们的书记是中央级的领导；怎么结合实际？我们服务的工作对象都是副部级以上的领导。我真的不知道他们想些什么，做些什么，而且三十八个部委的专业也不一样，我把领导以前的讲话逐字逐句地认真反复读，领会思想站位的高度。

海翔看我可怜，过了一会儿又拎着一个小袋子跑来，笑着说:"我来慰问你啦,没吃饭吧?这是花生、瓜子和巧克力,你写累了,补充一下营养吧。"

我抬起头说:"谢谢你啦。我哪儿有时间吃花生瓜子?这几块巧克力我留着吧,我吃过一点饼干,也不饿。我今天真没时间和你聊天,稿子写不出来,明天我是真没法交差了。"

他说:"我不打扰你了,你赶紧写吧,等你稿子过关了,我们四个人为你庆贺,我请客出去吃涮羊肉,加油!"

那时,我们几个好朋友,遇上谁的生日或者谁职务晋升,总是借机去撮一顿。开始我提出来AA制,大家说那样太生分了,还是轮流坐庄,这次我请,下次你请,我说那样也好。所以我们几个人时常在西单大街上的小店吃饭,韩国烤肉,日本寿司,有时候去涮羊肉,边吃边聊,很开心。那时候在机关工作,几乎没有再跟外面的朋友来往。

夜已深,窗外十分安静,整个大楼黑乎乎的,只有我的办公室灯亮着。没有白天的杂事,我的心安静下来,全情投入,突然领悟了领导的精神,我不停地敲着键盘。部长还要让我写出新意,站位高又要有新意,需要读大量的政治书,我深感知识储备不够,读书太少,特别是政治学。现在现学，哪儿来得及呀？也不知道写到半夜几点，腰酸背痛，我站在窗前耸肩，休息片刻，窗外有一钩弯月挂在夜空。

稿子终于写完了，我倒头睡在办公室的沙发上，暖气片也不热，寒风从窗缝里钻了进来，还是有点儿凉，我只好盖着我的长羽绒服。没睡两个小时，早上七点起来，睡眼惺忪地又改了一遍，上班后提心吊胆地交给赵部长。一直到中午，赵部长打来电话说："这个稿子还可以，有修改的价值，我来改吧。"

放下电话，我的心终于落地，深叹了一口气，五千多字的稿子终于交差。

中午我和海翔、红梅、嘉兴几个人跑到西单商场旁边的一个火锅店去吃涮羊肉，大家边吃边聊。

我说："写稿子写得我没有胃口，吃不下去。"

海翔说："这才哪儿到哪儿呀？"

嘉兴说："处长你要坚持，要从不怕写，到写不怕，再到怕不写，从不想写，到我要写。没有稿子写的时候，你就会心慌手痒，那你的稿子就一定能写出水平了。"

他是四川人，是部队转业来的干部。他用四川口音跟我说这些，惹得我们大家开怀大笑。

红梅慢声细语地说："处长你就认命吧，隔壁精神文明处，每年组织唱歌比赛、诗歌比赛、文艺会演，发发土豆和大白菜。每年搞精神文明评奖，大家都找他们处，那样的处长当得多轻松！机关苦乐不均啊！"

我说："没有办法，每个处的工作内容和职责不一样。研究室可能就更辛苦了，天天写稿子。"

嘉兴摇着头跟我说："研究室呀，每到开大会写大稿子，你知道吗？三伏天太热，开着电扇，他们都是穿的短裤在办公室写，不要女的参加，也不让别人进去，关起门写稿子，一写就写半个月到一个月呢。"

比起研究室的同事，我们算是好多了。大家吃完笑完后轻松地回去上班。

开完会，领导讲完话以后需要各个机关贯彻落实，媒体也在宣传。上级宣传部理论局局长亲自给我打电话，说是领导讲话要上大报的二版头条，稿子要从五千字压到三千字，因为报纸版面有限。我又投入了紧张的工作中。

局长又说："还是不行，还是长，压到两千字。"

这就给我提出了难度，我说："已经只剩下骨头架了，把虚的都已经删掉了，这骨头我再怎么删都是骨头了，怎么办啊？"

我与局长讨价还价，多几百字，就这么用吧？局长很和气，没有架子，也很低调。他说："你就帮帮忙，再辛苦一下吧，压到两千字。"

我又一个字一个标点符号地删，终于在下午六点前交差。

4

1998年11月底，党内开展讲学习、讲政治、讲正气的"三讲"教育活动。开展党性党风的教育，主要针对领导干部，全党大约有七十多万党员领导干部开始"三讲"教育活动，为了提高党的领导水平和执政能力，增强拒腐防变的抵御风险能力。

我们工委分别由四个副书记带队去中直机关的三十八个部委，参加班子的民主生活会，分析班子的思想、组织结构等状况，主要针对一把手开展了调研，形成综合报告并上报。

一天，我们在人民大会堂小礼堂，对三十八个单位的领导进行工作部署和安排。我们宣传部有工委的副书记（副部长级）负责。我准备好了主持词及讲话稿，早上九点的会，我带着红梅七点半先去会场布置，查看录音录像设备。

那是我第一次进入人民大会堂，工作人员带着我到几个主要的大厅参观，福建厅、浙江厅等，简单看了一下。这是我一生中见过的最庄严大气的大会堂。

大会堂平面呈"山"字形，两翼略低，中部稍高。四面开门，外表为黄色花岗岩，上边有黄绿相间的琉璃瓦屋檐，下面有五六米高的花岗岩基座。周围环列有一百多根高大的圆形廊柱。大会堂正面对着天安门广场，正门门额上镶嵌着中华人民共和国国徽，有十二根浅灰色的大理石门柱，门前大约有五六米高的花岗岩台阶。庄严雄伟，壮丽典雅。

工作人员和我说，万人礼堂高三十三米的超大室内空间会让步入其中的人产生强烈的距离感。大礼堂的平面呈扇面形，观众坐在任何一个位置都可以看到主席台。穹顶形顶棚与墙身交界之处用弧形曲面连成一体，没有棱角分明的边缘。大会堂顶部灯光闪烁，像满天星星。大理石的地面，高升的挑空，抬起头，仿佛在遥望星空。

每个厅的特色都不一样。走进二楼的小会场，我在领导的讲话桌上分别放了一份主持词和讲话稿，我留了一份备用稿，给领导放好了茶杯，又试了扩音器和音响才走下主席台。我坐在台下第一排最左边的位置，离主席台近，有什么事可以随时上去。

5

冬去春来。一天中午，红梅突然跟我说："处长，我们宣传部的郭副部长调走了，缺了一个位置，听说最近要在你们几位处长中选一个副部长（副局长级），你和精神文明处的崔处长任职资格够了，所以现在是你们两个候选人。"我听后笑了笑，没有说什么。崔处长性格好，长得也漂亮，虽然没有上过大学，但她以前在部队文工团待过，四十七岁了还保持着舞蹈演员的身材。瓜子脸，高鼻子，大眼睛，高高盘起的头发，举止言谈都有"毛泽东思想宣传队"的风格。再加上她管宣传部的工会工作，经常给大家发电影票、洗发水、肥皂等日用品，过年过节发一些小礼物什么的，和大家关系融洽。

我和她的性格不一样。我是只管工作，从不去搞人际交往，不串办公室，也不太喜欢去领导那儿汇报，我怕领导忙，打扰领导。海翔、嘉兴和红梅都着急了，他们劝我说："你别呆头呆脑的，每天坐在电脑前打字，你到其他几个部门去转一转，你来了以后一个部门都没去过，你也不要提别的，你就去看看大家好不好呀。"

我笑着说："我可不好意思去拉票，很丢人，爱怎么样就怎么样吧。"我心想作为一个宣传部副部长，副局级干部，首先人品要好，道德要好，而且没有点理论水平和文字功底怎么去干呀？所以我还是很相信大家和组织的选择。

没过两天，听说开始投票了，事后嘉兴告诉我，说是二十名副局级以上领导投票，我们两个人各占十票。听说从事文字工作的部门研究室、办公厅等部门的领导干部的票投给了我。从事后勤服务保障工作的领导把票投给了崔处长。据说到了我们常务副书记（正部长级）那里，他犹豫了，两个人各一半支持票，怎么办呢？于是他就想了一个好办法，干脆两个人都解决副局级巡视员待遇，副部长位置从外面再重新选调。

多年以后，我才明白，他这样做，完全是考虑到内部结构，因为两边的票很明显是均衡的，内部不能出现矛盾。

日子过得很快，到了秋天，我们这座大灰楼门前几棵大槐树逐渐由绿变黄，秋风一起，胡同里到处是树叶。

一天中午，我们在半地下室食堂里吃饭，我们的常务副书记刚好与我们一桌。他是红二代，当过军人，三十几岁当了最年轻的部长，他身上有干部子弟的优点，非常直爽，没有架子，谈笑风生。他也很有思想，也许是从小家庭的教育和生长环境不一样，他敢说敢做，也不怕丢官。说实话他这样的部级领导是不多见的，一般领导大多是谨言慎行，说话都说半句话，剩下来的要让你去领悟，也就是猜。我最不愿意猜别人的想法，我不猜上级领导，也不猜我的部下，有什么我就直说。我比较欣赏他的性格。

他边吃边问我："平时有什么爱好没有？"

我说："没有什么特别的爱好，业余时间就是读读书，而且现在没有业余时间。"

他哈哈大笑："是给我提意见呢，我给你们的工作太多了？影响到你们正常生活了。这样吧，每周五下午大家都搞文化体育活动，你来跟我学打桥牌吧，打桥牌，锻炼人的思维，小平打得很好。你以前打过没有？"他或许是为了安抚我的情绪，和蔼地跟我说。

我说："以前八十年代在宁夏的大学工作时，和年轻的老师们学过打桥牌。"

他又问："什么叫牌法？"

我说："自然开叫，好像够十三点就可以叫牌，多年不打我都忘了。"

他说："好吧，让我秘书小曾给你找一本打桥牌的书，你回家学习学习，下周五下午来二楼会议室学吧。"

他很有领导艺术，等我完全放松，不拘谨了，气氛也活跃起来，他转变了话题，看着我说："你什么都好，人诚实本分，工作也很努力，文字基础也不错，就是没有城府。"

我停下手中的筷子，抬起头来说："书记，什么叫城府？"桌子上的人全部哈哈大笑，笑了我一个大红脸。我不知道我说错了什么，但是我真的不知道什么是"城府"。

吴书记说："你们看我说着她就来了，这就是没有城府。"

我当时真的是请教，我的确不懂"城府"是什么，难道工作中还要"城府"吗？我心里这么想。我真的一脸无辜，还认真地问什么是"城府"。

旁边的杨副书记哈哈大笑说："你真呆呀！城府，城府就是知道也不说。"他歪着脑袋看着我，那神态像是在说还有这么傻的人，她怎么能当到副局级干部？他是东北人，非常瘦，说话具有喜剧效果，逗得大家哄堂大笑。我还是一脸茫然，为什么知道也不说呢？领导经常教育我们要讲实话，讲真话。做一个正派人就是要讲真话的呀，我还是半懂不懂。

关于"城府"我一直没搞懂，也没有时间去研究。我去找曾秘书拿桥牌的书。他逗我说："看什么打桥牌的书呀，找一本《厚黑学》去读就好啦。"他个子不高，人很聪明，是我的西北老乡。

我说："没有时间。"我没有心思去研究什么是"城府"，我也不想活得那么心累。

我只打了两次桥牌，再没有坚持下来。打桥牌和打"拖拉机"完全是两回事。太动脑筋了，很累，打得时间久了，会有一种大脑缺氧的感觉。

从那开始，机关很热闹，每周五下午，有打乒乓球的，有打羽毛球的，有跳绳的，有唱歌的，有学健美操的。

6

2004年11月，中央发布了《关于在全党开展以实践"三个代表"重要思想为主要内容的保持共产党员先进性教育活动的意见》，决定从2005年1月开始用一年半左右的时间，在全党开展"先进性教育"活动。

一天上午刚上班，赵部长打电话让我去他的办公室。他说："中组部要抽人，参加全国先进性教育督导组，督导先进性教育活动。每个单位都要抽一到两个人，要求是副局级干部，特别是理论水平要高，文字功底要好，可能去了以后需要写材料，昨天部委会决定让你去。"

我知道这一定是一个苦差，但我还是欣然接受，我想找一个基层锻炼的机会，了解地方工作是怎么干的。

我被分配到北京和天津的督导组。组长是上海的副书记段书记，组员有他的秘书建军，还有浙江来的两位同志，一个是雪荣副处长，一个是文斌科长，还有一个是中组部地方局的张处长。

2005年1月份我们分别参加了北京和天津召开的全市动员大会，段书记在大会上讲明了中央这次开展党的先进性教育活动的意义、目的和任务，北京和天津一把手也分别致欢迎辞，做了表态。

我们很快住进北京东城区东四十条胡同的市委招待所，是个大四合院。段书记住在正房，紧挨着她的房旁边，留出一个房间当会议室。我住在东房，雪荣、文斌、张处长他们住在二楼。这个改造后的两层楼四合院灰墙汉瓦，红柱子，小红窗，我特别喜欢，这也是我第一次住四合院。房间里设施齐备，可以洗澡，也有卫生间，特别安静。

段书记是一个非常有水平的知识型女领导。她戴了一副白色近视眼镜，微微烫过的短发，非常干练利索。我喜欢听她略带上海口音的普通话。她会和我们一块讨论工作和稿件，她思路清晰，理论水平很高。由于她还是上海的副书记，所以她几乎每周五都飞回上海，周日晚上再飞回来。

我能力有限，怕怠慢了工作，住在这个四合院的半年里，只有周末回家拿换洗的衣服，几乎天天住在这里。我特别喜欢四合院，这次我可是真过足了住四合院的瘾。

紧张忙碌的工作后，吃晚饭是我们最轻松愉快的时光。四合院内有一个小食堂，我们几个人通常围着一个圆桌吃饭，小食堂的饭菜特别可口，有南方菜也有北方菜，大多是大碟大碗。

我问段书记："北方菜能吃惯吗？"

她微笑着说："你多少年没有去上海了？"

我说："好像十几年了吧。"

她说："我知道你们以前去上海都吃不饱饭，说上海人小气，用的都是小碟小碗。现在你去吧，我们管你够，全是大碟子大碗。"

我们几个哈哈大笑。

她又接着说："以前北方人都说我们上海人小气，精明算计，怕老婆。我给你讲两个故事吧。第一个故事，有一位上海的干部去北京开会，带了一只螃蟹，吃了一路，吃完以后，还把螃蟹壳摆回去，恢复螃蟹的原样。结果到站了一看，怎么剩下两只腿还没有吃完？他很惊讶，看了一下手表才知道，原来是火车提速了；第二个故事，据说上海男人最好，找丈夫最好找上海男人，爱老婆，疼老婆，会做饭，还听老婆话。有位老师问十个男人，你们怕不怕老婆？有九个都说怕老婆。老师接着说，怕老婆的站到左边来。有九位男士就站到了左边，只有一位站在原地不动，老师问，你不怕老婆吗？那位男士说'我老婆说了，哪儿人多你就别去哪儿'。"

我们几个人笑得前仰后翻，没想到段书记如此幽默风趣，瞬间与我们拉近了距离。从此我们开始在吃饭的时候和她开玩笑，讲我们看到的一些事情。

段书记看完晚间新闻会在跑步机上跑步，她比我还大两岁，一次能跑七八公里，一看就知道她经常坚持运动，不锻炼的我跑两公里就气喘吁吁。

她无论是工作还是生活，都很自律。

一天傍晚，吃完饭她问我说："我们今天不跑步了，有没有兴趣陪我在周围看看这几个胡同里有什么四合院或者名人故居？"

我说："好啊！"

我们利用了几个傍晚，从东四胡同头条逛到十三条，这里是保留还算比较好的老胡同区域。那时候还有很多的灰砖四合院，有一进院、二进院、三进院、四进院、五进院，大的四合院门口都有保安把着不让进。

段书记手里拿了一张A4纸，密密麻麻写满了字，边走边按纸上的地址寻找东四北大街东西两侧的名人故居。

头条一号，曾是著名学者钱锺书的家。二条11号、13号分别是清朝吏部尚书、户部尚书旧宅。三条有第九位铁帽子王怡亲王王府，还有追了一辈子溥仪的王敏彤格格的两个旧宅；轿子胡同8号是孟小冬的旧宅之一，35号是皇亲嫁女的陪嫁——车郡王府，43号是清管库小官吏旧宅……

她带着我们，一个四合院一个四合院地转。破旧不堪的四合院有的保留了原来的样子，有的已经是大杂院。

她边走边对我说："北京的特色就是要看胡同，看四合院，拆了很可惜的。上海是石库门，这几年我们都逐步修缮恢复。上海的老城区不再拆了，翻修保留了许多过去的老宅子、名人故居。我们的街心公园也很多，街心公园种了许多树，尽量给小朋友们留些玩耍的地方，比如篮球场、羽毛球场，再给老人一些散步的地方。上海文化生活繁荣，一年能演三百多场西方的歌舞剧，场场爆满，这几年的变化可大了，有时间去看看。"

她是我喜欢的热爱读书、有文化的领导。

每天晚上如果不开会，不讨论文件和稿子，段书记都会坐在灯下读书。夜深人静，四合院里非常安静，小红窗，淡黄色的灯光，映着她在灯下读书的样子，很美。我的窗子刚好能看到她，她几乎每天都在夜里十二点以后关灯。

我问过她："天天晚上看见您在读书，您都读什么书啊？"

"什么书都读，还读小说。"她笑着对我说。

我真是从心底里佩服她，我已经好久没有读书了，更没有读过小说。我很幸运，遇到了一个理论水平高，有文化，喜欢读书，素养高的领导，并且既懂政治工作，又懂行政工作。这样的领导不多见，我发自内心地欣赏和喜欢，但我从来没有当她的面说过这些。

督导工作的确很辛苦。我们总是在北京与天津之间来回跑，列席北京市委和天津市委常委会。有时他们也会到四合院与我们交流和沟通。

日子过得真快，不知不觉半年了，"党的先进性教育活动"督导结束了。那时已经是北京的夏天，6月份，我们住的东四十条的四合院里柿子树已经开花儿了。白天结束了与市委的总结会，晚餐后我们互相告别。

晚上我们几个人坐在小院里，一边喝茶一边聊天。段书记和我们回忆这半年来的工作，大家恋恋不舍，一直到了深夜才回去睡觉，段书记第二天早上八点多的飞机回上海。浙江来的两位同志，雪荣和文斌，非常敬业，半年来的领导讲话、简报、调研报告、汇报材料初稿都是他俩写成。特别是雪荣，文字功底扎实，文化及职业素养都很好，为人诚恳，踏实做好每一项工作，且从不越级。

我们圆满结束了这次的"先进性教育活动"，回到了各自的机关。临行前北京市委组织部的领导问我："你愿不愿意来我们这边工作？"

我说："当然愿意啦！我喜欢充满活力、包容的工作环境，我也想干点实事。"

他说："好吧，我给组织汇报一下。"

7

督导工作结束了，我回到了机关工委宣传部，又按部就班地开始上班。

11月，初冬的一天，书记的秘书小张给我打电话说："你有好事，来我办公室一趟吧。"

放下电话，我急忙去他的二楼办公室。

我说："什么好事啊？"

他说："你想去北京工作吗？"

我说："当然想去。"

他微笑着说："商调函来了，你知道是哪个区吗？"

我说："不知道，没人告诉我。"

他站起来用手指着墙上的北京地图说："你喜欢这个代表北京的世界著名古建筑吗？"

我说："我喜欢！哦，是崇文区吗？"

他说："对！离家近，就是区小点，要是朝阳区就更好了。"

我说："人家要我就不错了，哪有挑剔的理由呢？我非常知足。"

他接着逗我说："他们想要，我们还舍不得放呢。"

我说："你一定要帮我给书记说好话，成全我，让我去吧，这是我一次难得的锻炼机会呀。"

他看我真急了，笑着说："逗你玩儿呢，书记基本同意了，下周一上部务会研究，不会阻挡你进步。"

又过了一周，我的正式工作调令来了，机关工委组织部通知我，我调到北京市崇文区任常委工作。

在职务晋升上我又进了半步。我的职务一直是半级半级晋升，从科级到副处级待遇到副处长，从副处长到正处级待遇，再从正处级待遇到正处长，从正处长又到副局级巡视员，又从副局级巡视员到这次副局长。

第
八
章

1

北京的冬天，大风过后，空气都变得清新。

一天早上，我收到了北京市委组织部的一位女同志的电话，她告诉我，要求我把我美国留学的硕士学位证书拿去教育部认证。我马上给教育部留学生处打电话咨询如何认证。他们要求我带上所有有钢印的成绩单和硕士学位证书原件，来教育部留学生处，他们复印后把所有的材料寄到上海去认证。

又过了半个月，我接到市委组织部的电话，告诉我下周一去市委组织部报道并参加领导任前谈话。

周一早上，我怀着激动的心情去了紫禁城南长安街旁的东交民巷，旧的使馆区畔，坐落着一条低调、静谧的街道——台基厂大街。它北起东长安街，南至前门东大街，与赫赫有名的东交民巷相互交会，法国人曾称它为"马可波罗路"。

听说，台基厂是明成祖朱棣修建紫禁城时，为宫殿加工基座石料的工厂。宫殿营建完毕后，由于离皇宫很近，这里便逐渐成为王府和行政机构扎堆的地方。

在清末八国联军侵入北京时，台基厂和东交民巷一同沦为德、日、法、意等列强的使馆、兵营、跑马场。

现在的台基厂主要是北京市委、市政府机关的所在地。

我踏上大理石台阶，走进市委大厅，感到了一种机关的庄重感。到了三层组织部以后，孟迪副部长与我谈话。她长得有点儿像南方人，个子不高，瓜子脸，眉清目秀，温婉儒雅。但是不难看出，她身上具有老组织部干部的气质，说话声音不大，但每句话都很有分量。

她亲切地对我说："经过前一段时间你参加北京督导

工作的表现，我们看到你人很正直，有较好的文字功底和良好的沟通、交流能力。我们北京市委常委会已经通过，决定任命你为北京市崇文区常委，具体工作要听区委书记的安排。"

谈话时间不长，谈完后她伸出手来说，我们欢迎你参加北京市的工作，然后微笑地告诉我："牛副书记在三楼等你，也准备跟你谈话。一般副局级干部谈话到我这就结束了，但你是中央机关来的同志，牛书记很重视。"

我很感动，市委副书记与我谈话，我说："太好了！"

我怀着忐忑不安的心情走到牛副书记的办公室门口，轻轻地敲了两下门，里边有一个浑厚稳重的声音说："请进。"

"牛书记好！"

牛副书记起身与我握手说："来报到啦，快请坐。"说着给我倒了一杯茶水。

紧接着牛副书记和蔼地说："你来北京工作，我们很高兴。你自己有没有什么想法？"

我紧张地说："我也没什么想法，我比较喜欢文化教育工作。"

他接着对我说："看出来你是比较喜欢文化的，不过你从中央机关来，我们要把你配到区里的第一套班子。"

他紧接着跟我讲："区里有四套班子。区委、区人大、区政府、区政协。我们是要发挥你在中央机关工作政策水平高的优势，把你配到常委会里，你可以参与区里的决策，多提好建议。不过我要提醒你，刚去还是要少说话，因为你没有在地方工作过，先看看，多了解情况，多调研，多去基层，等情况熟悉了，问题考虑成熟了，再讲话，再提工作建议。"

我连连点头，认真地听着。

他喝了一口茶水，又接着说："我看了你的简历，主要是在高校和中央机关工作，你要好好地补地方工作经验，和你以前的工作经历相比地方工作还是更复杂，你在言行上都要严格要求自己。"

我看着这位令我崇敬的好领导，直觉告诉我自己遇上了伯乐。他为人坦诚、直率、接地气，经常读书，文化功底好。他自己常说他就是农民出身，十四岁才进城。他身上既有农民的本分与纯朴，又有作为领导干部的担当。他是我公务员生涯中遇到的一位好领导，也是一位好老师。

牛副书记站起来伸出手，边与我握手边说："好了，不多说了，我相信你能干好！崇文区委的同志已经在楼下等你，祝你工作顺利！"

我与牛副书记握手道别，心里想着请领导放心，我一定不辱使命，一定会干出样子来。

我走出市委大厅的门口，有一位中年妇女站在那里等我，看上去与我年龄相仿，非常干练，她笑哈哈地走过来说："常委，我是崇文区组织部的常务副部长张英，我来接您了，这是区委给您配的车，还考虑到您是女领导，男司机抽烟有味道，专门给您配了我们区唯一的一位女司机小田，我们现在就去，区委书记在等着您。"

我们一块坐上黑色的现代索纳塔小轿车，通过前门大街前往崇文区。

2005年的11月是我人生重大转折的开始，我十分高兴的是，我想在地方工作的梦想终于实现了，随着工作的调动，我感觉这个冬天风娇日暖。

2

一上班刚好赶上周一上午的区委常委会，大约上午十点多钟，我走进了浅砖红色的崇文区委六层楼办公大楼。这个区因为有世界著名的古建筑天坛，所以区内限高二十米，没有高楼大厦。

常委会议室在三层，张英带我走进会议室。我进去以后，区委书记韩明光放下手里的稿子，站起来说："我现在给大家宣布，这是我们区新来的常委，大家欢迎！"

我边走边点头，走过一张张长方形深咖啡色的会议桌。每一个座位前的桌子上，都有一个无线麦克风，一个蓝色的大文件夹，文件夹里面都是区委的红头文件。

书记、区长、人大主任、政协主席、副书记坐在正面，对面坐常委，已经排好了我的位置，按常规，班子成员排序按照任职年限。紧接着，明光书记做了一个简短的欢迎辞。他祖籍东北，长得高大魁梧，大鼻子，大眼睛，说话也是粗声大气，看上去很爷们气，也是实干的一个人，豪爽，讲义气。

我简单地做了一个自我介绍，并表了一个态，在市委、区委的领导下，我将努力做好工作。

接着在会上，明光书记宣布了我的任命和分工——区委常委兼区机关工委书记，分管区机关工委党的建设宣传工作，区民族宗教及侨务工作，联系八个民主党派；还负责区工会、共青团、妇联群团组织工作，以及工商联工作。

我低下头认真拿笔记本记着，每个常委都热情洋溢地介绍了自己以及他们的分工。

区长刘山峰对我说："我也是西北人，我是在内蒙长大的，当过兵。西北人的性格就是直率，希望你能给我们班子输入新鲜的血液，干出成绩。"

会后，张英告诉我："刘区长也是刚来我区工作一年，他曾经是市委一位领导的秘书。"

难怪，当时我就感觉到他是班子里最文气的一位领导。

常委的办公室都在五楼。我的办公室在505房间。"5"好像是我的吉祥数字，我家也是505，特别地巧。办公室朝阳，里外屋，进门就是办公室，一个办公桌，一把椅子，有双人沙发，还有两个小书柜，不是很大，但已经足够用了。里屋有一张单人床，一个小衣柜。中午午休或者是加班值班时用的。

紧张的工作开始了，我分管的各部门一把手来给我汇报工作。先是机关党委的党建工作，民、宗、侨办工作，工会、共青团、妇联也都来汇报他们的工作内容和明年的计划。前半个月我分别召开座谈会，了解各部门的年底总结，部署明年的工作安排。

紧接着进入了换届的准备工作。到了崇文区，我才知道地方"四套班子"有着一整套严格的换届程序。先是区委组织部与区委书记沟通，基层选举委员，组织部与区委及分管常委协商征求分管领导意见，再上区委常委会开会定候选人名单定换届人选，就开始走很多程序。以前我以为工会、妇联、共青团的工作很简单，工会就是发发生活日用品，发发电影票，组织参观学习；妇联就是组织工作妇女的教育培训；共青团就是对青年人的教育培养，多搞一些文体活动……等我分管这些工作后，才知道群团工作和党的工作或是政府工作的确不一样。

紧接着我就分别开始为工会、妇联、共青团的换届工作做准备。还好各部门的一把手们能说会干，事先都给我准备好会议的主持词、讲话稿，给我安排好会议程序。我就像赶场子一样，参加职工代表大会、妇女代表大会、工会委员大会、共青团委员代表大会等。

会后，他们给我说我们区的人都老实淳朴，没有什么太调皮捣蛋的，有的区开会，个别的民主人士连会议议程都反对，有时候会议开不下去，要停下来协调后再开。

刚到的那一个多月就是开会、主持、讲话，搞得我头晕眼花。

我记忆犹新的是在崇文区工人体育馆举行近千人的全区工会换届大会，我当时上台主持并讲话。这个工人体育馆平时能容纳两千多人，区里的大会都在这里开。外面是红色钢铁建筑，平时大家叫它"红剧场"。在不开会的时候，经常有些演出在这里举办。

我走上主席台看到台下一片人，由于剧场挑高很高，显得很空旷。我是第一次站在这样一个大会场上主持并讲话。我心跳加快，紧张得小腿发软，手有点哆嗦，讲话的声音都有点微颤。还好我是拿稿子在念，其中念到当天参加会议的领导和工会换届委员会组成名单里我的名字时，我就停住了，我不知道应该是念我的名字还是说"我"。我站在麦克风前，停了下来，下意识地回头看主席台上的刘区长，他反应很快，马上给我补台，把话筒打开，说："我给大家介绍一下，这是我们区刚上任的常委，分管工会工作，希望大家支持她工作。"

我心中十分感激，接着往下念，刘区长的行为顿时打破了我的尴尬，还好下面没有一个人笑出声来。这是我来崇文区受到的第一次教育：如何在千人大会讲话，以及怎么给别人补台。

以前我没有组织过千人以上大会，更没有在近千人的大会上主持和讲话的经验，在中央国家机关工作时也只是写写稿子。中央国家机关领导多，大多数是副部级以上的领导去讲话。

紧接着是区委四套班子换届，我便开始紧锣密鼓地参加换届会议，大约有两个多月的时间，马不停蹄从早到晚地开会。

在崇文区工作，这是我人生经历中最丰富、最重要，也是最难忘的。

我到地方工作的第一堂课，就是学习怎样按程序组织开展换届工作。我亲身体会到中央机关和地方工作的不同：中央国家机关是一个"条"，它只管一个系统，一个部门，一个专业的工作；地方是个"块"，麻雀虽小，五脏俱全，什么都管。

一天中午，在区委的小食堂吃饭时，刚好只有我和刘区长两个人。他很亲切地问我："来区里工作有什么体会？"我说："感觉手忙脚乱，有点顾不过来，对我来说，一切都是从头来，的确是挺锻炼我的。"

他安慰我说："没事，过一段时间就习惯了，就那么几个科目，干熟了就行。有需要有困难说话，我帮你。我给你提个建议，以后讲话不用拿本子写好了念，你是个硕士研究生，放开讲没关系。"

我羞愧地说："我是怕讲错话，犯错误，所以不敢放开讲。"

我深深地体会到行政公务人员必须从基层锻炼开始。年轻人最好是从乡镇、街道做起。一步一个脚印锻炼上来的干部，在实际工作中解决问题的行政能力和经验的确是不一样。

3

2006年，崇文区区委班子换届后，开始了新的一轮工作。换届后我是崇文区常委、纪委书记。区纪委一共有三十人。领导班子成员里一个书记，两个副书记，四个常委。我按照牛副书记的任前交代"少说话，多调研，多干事"，开始了调研工作。

初春，乍暖还寒。区委开始了一项已经研究准备了一年的工作，叫"一号工程"，就是著名的北京古街修缮改造，已经反复多次请古建筑专家开会论证过，需要把古街地区的一片老旧居民住宅进行拆迁。

我们每个常委都分别包块，区委书记非常照顾我，觉得我刚来，不熟悉地方情况，就让我当了一个副组长，配合常委、宣传部赵部长工作。我开始跟着古街道的书记、主任走街串巷。没有给我个人分具体拆迁户数，我只是参加拆迁时候的会议。

一天早晨，我们区纪委的副书记连根，拿了一个文件夹走进我的办公室，紧张地对我说："书记，有举报信，前门拆迁过程中，有五个人办假房本，骗取拆迁款。"

连根副书记一张清瘦的脸，鼻子上架着一副白色镜框高度近视镜，说话时喜欢皱眉头。他为人正直，忠厚老实，办事认真，他分管案件工作，我非常放心。

他是来请示我：查不查？怎么查？以及什么时间查办？我看完后说："你们先按办案的规定程序走，先下去核实情况，情况核实清楚，我们再开会研究，然后我再请示区委书记的意见。"

半个月后，他把全部的材料核实完报给我。五个假房本都是假地址，甚至有一个人是管拆迁的科长，地址写的竟然是那个地方的公共厕所。

最可惜的是一个刚毕业的女大学生，25岁，在街道工作了一年多的时间，认识了一个三十多岁的拆迁公司的男人。这个拆迁公司的男人结过婚，为了骗取拆迁款，利用和这个女大学生"谈情说爱"，让女大学生帮他做假账五十多万。经过调查以后跟本人核实，他给了这位女大学生五万块钱。

看完后我心里特别不是滋味，我与案件室的三名同志商量，一件一件地核实具体细节。当时我以为五个房本就只牵扯到五个人，没想到这五个房本都是夫妻两个人共同作案，其中还有我们一个纪检组组长。这样就要逮捕十一个人。这个案件面大，牵扯人多，对当时一个区来说是大案。

按照组织程序，纪委是在区党委领导下开展工作的，我必须向区委书记报告。我们拿出意见以后，区委书记同意，并且要求，拆迁过程中严厉打击骗取拆迁款的这类事情。

过了大约一个多月后的一天早上，我刚上班，纪委办公室主任拿着关于这个案件的全部材料找我，他很年轻，人也很憨厚，一进门就说："书记您赶紧签吧，您签批了，公安马上去抓这十一个人。"他一脸兴奋的笑容。

他认为这是我们工作的重大成绩。在2006年，一个案件抓这么多人的确是大案。但是我心里五味杂陈，这些人太可惜了。我情不自禁地说："你先出去。"他傻了，不可思议地睁大眼睛看着我。

看着他惊愕的样子，我也感觉到我有点失态。

我说："先放下，我再仔细看看吧。"

从这个案件开始，我感到了纪委工作的压力，不只是工作忙，主要是心理的压力，我开始失眠。

我独自住在一个有十多栋高层塔楼的小区，还好小区有一个小花园，花坛周围有冬青、竹子、石榴树等。我围绕着花园转啊，转啊，看着黑夜的星空，内心充满矛盾。这涉案人里大多是夫妻，他们为了让孩子出国留学，用违法的手段骗钱，如果两口子都抓了孩子谁管？特别是那个女大学生，涉世不深，被所谓的"爱情"欺骗，犯下了这种错误。办案人员给我说，这个女大学生漂亮、聪明伶俐，平时工作表现也好。我真不舍呀，为他们感到惋惜。这要有多少个家庭被拆散，要有多少的父母伤心落泪。但是违法证据确凿，我必须要坚持工作纪律，坚守职业操守。

经过反复的思想斗争，我决定按照执纪程序进行，但是我又想把工作做得细致点，父母抓完了以后，让街道把孩子照顾好，或者让街道把孩子交给他的亲属，对孩子生活上的困难给予帮助。

白天上班时，我问了一下办案人员那个年轻女大学生的情况。

我说："如果是五万元人民币，现在按照法律判刑的话判几年？"

因为我们的副书记、办案人员是从检察院过来的，他们懂刑法。他们告诉我，最少要五年。我说："啊？一万块钱一年啊？"

这个人生教训买得太大了。我又和连根副书记说："移交的时候给检察院说一声，这个女孩是初犯，人生阅历太浅，被人骗了，她认罪态度好，主动交代，平时的工作表现也不错，尽可能在量刑上给予考虑。"

怕走漏风声，所以抓捕工作和上区委常委会同时进行。纪委协调公、检、法办案。

处理这十一个人，引起我心灵巨大的震动，之后总在思考用什么样的办法来管住领导干部，让大家不想腐，不能腐，不敢腐。

每次在区里召开廉政大会，我都反复地强调，大家一定要算好政治账、经济账、家庭账，经得住各种诱惑，千万不敢折在贪腐的问题上。

在查办案件过程中，什么稀奇古怪的事都能遇到，会更多地了解到人生奥秘和人性的弱点。

4

这次案件的查办，加强了我对预防腐败工作的思考。我在工作中了解到了人性的缺陷，只靠自觉和自律，在权力、金钱的诱惑面前，很可能把握不住自己。尽可能地让我们的领导干部在金钱、权力、色情的诱惑面前，被制度和有效的措施约束，不违纪不犯法。

于是我开始到区各委办局、街道、企业调研。在调研中，我发现了区统计局用ISO 9000质量管理办法进行管理工作。这给了我很大的启发。

我开始思考把质量管理的办法借鉴运用到预防腐败工作上。我找到了美国管理学之父泰勒的全面质量管理学PDCA管理的理论：把权力作为一种风险防控，对权力进行全面质量管理，就像工厂对待产品一样，让我们的人少出次品。

在调研的基础上，我大胆地设想，把风险管理和全面质量管理首次应用到党风廉政建设和反腐败工作上，创建"预防腐败管理"工作新机制。于是我成立了崇文区纪委"预防腐败管理"课题小组，开始了廉政风险全面质量管理的研究与实践。

课题组成员主要来自我们纪委，一个副书记，一个常委，还有刚毕业的两个大学生。为了跨学科研究，增添创新的能力，打破固有僵化的思维模式，我又选了我分管的团委书记刘虹剑，他带了一个团干部参加了课题组。

每次都是我出题目，出想法，让他们提意见、补充、修改。我时常按照"红蓝方互相对辩"的方式，赞成是红方，反对是蓝方，互相辩论。为什么同意？为什么不同意？刚开始他们都不习惯我这个工作方法，觉得这不是行政工作方法，像大学的研究所。我说，我们一定要带着问题，边研究，边思考，边实践。如果我们都不能互相说服，怎么去验证我们这个课题的有效性和实践性？

开始大家都很拘谨，等着我说。他们已经习惯了，领导说怎么干，他们就怎么干。我开始着急，我要求每个人必须发言，要说出自己的真实想法。我反复动员说："说错了没有关系，但是不说话证明你没有思考。我们工作，就不能混日子，必须要有思考，有想法，还要有办法解决问题。"在我的鼓励和督促下，大家逐渐地开始发言。后来我们经常为了一个观点，为了一项内容，为了一个风险点或措施，争得脸红脖子粗，各有各的想法。红方和蓝方辩论激烈，经常过了吃饭的时间。

我特别欣赏课题组副组长、团委书记刘虹剑，他是北大地球物理系本硕连读的研究生。他的逻辑思维能力非常强，古诗词基础也好，后来大部分内容填补、深入创新、课题完善，以及简报、调研报告、领导的讲话稿等工作，都是他主笔，我只是给他讲一讲纪委廉政专业的内容和我的想法。

有一次外出开会，闲暇的时间里，我说："虹剑，现在的孩子一般都是独生子女，大多比较娇气，以自我为中心，我发现你非常能吃苦，白天干你团委的事，几乎每天晚上和周末都用来干课题组的事，而且课题组的工作量非常大。你辛苦啦！"

在聊天中我才发现他是回民，在西北长大。父母都是工人，在大西北工厂的一个工会工作，父亲爱好古诗词，所以从小让他背诵唐诗宋词。从一所大西北的回民中学考到北大地球物理系的确不容易。

他对我说："我们兄妹三人，哥哥上了军医大学，妹妹考到北京师范大学。"我很惊讶。一个大西北偏远的小县城，一家三个孩子能考到这么好的学校，父母是怎么教育的？我不禁感叹道："你的父母真了不起呀，把孩子培养得这么优秀，还这么懂事，这么任劳任怨。"

他说："书记，我父母的确不容易，当时我们三个接连上大学，父母都是工人，微薄的工资要供养我们三个人。本来我妹妹的成绩更好，为了给父母省钱，她报考了北京师范大学，北京师范大学是国家全部负担费用的。我和哥哥也省吃俭用。我在学校的时候，宿舍里的同学晚上读书晚了，会吃一包方便面，他们吃完方便面，剩下来的汤给我喝，我觉得特别香，我会把那个汤全部喝完。白天吃饭我一般只打半个菜，还多是素菜。"

我听着听着眼泪都快要流下来，贫困没有让他们屈服，也没有让他们心态扭曲，而是激励他们发愤图强，这样的孩子，一定会有出息，也会非常懂得珍惜来之不易的生活和工作。

廉政风险防范管理的创建过程，也是我人生中一段关于创造和追求的难忘经历。我想在现代化管理学领域尝试创建一个应用门类。这次创新工作其实只是我对工作价值的追求，工作过程中，我承受了极大的压力和不少的质疑。

2007年12月，当时的北京市委书记来到崇文区检查工作，对预防腐败管理新机制给予充分的肯定，给出了"预防腐败管理新机制是对北京市党建工作和党风廉政建设工作的一大创新。具有创新性、科学性、可操作性"的高度评价。就在那一刻，我和课题组的同事们被深深地感动，眼眶也逐渐变得湿润。这几年创新工作的不易和艰辛以及他人莫名其妙的嫉妒，我都已饱尝。

紧接着，崇文区这个北京最小的市辖区开始在全国知名起来。国内外的参观者排队来参观我们这里的"预防腐败管理"工作。

我记忆犹新的是香港廉政公署代表团，署长亲自带领了他的三个室主任来崇文区参观。市纪委副书记张伟昆带着他们来，张副书记首先简单地做了一个介绍，致欢迎辞。署长做了个简短的发言，他说："我没想到，我们北京的一个区，能按照PDCA全面质量管理的办法来管理预防腐败工作。英国现在才开始着手研究用全面质量管理来管理公务员队伍，没想到你们已经拿出一个体系来并开始执行。所以我很好奇，英国请我去，我都没有去，我带着我们的三个室主任，来向你们学习。"

我表示欢迎并详细介绍了这个理论，如何把PDCA质量管理的概念应用到我们预防腐败工作上。P（PLAN）是计划环节，年底做出新一年全年的计划，D（DO）就是执行环节，C（CHECK）就是考核环节，A（ACTION）就是经过考核以后的修正，进行下一个闭环管理，启动新一年的工作循环。

当我介绍完了以后，我们开始了交流和对话。香港廉署的主任们水平相当高，唐署长提的问题也很深刻，问我对我们所有接到的信件怎么处理。我认真做了介绍。

我说："听说，香港廉署是实名举报才进行调查。

我们是匿名举报，只要线索清楚，都要进行核实。因为我们纪委、监察局不只是管违法，还管违纪。也就是我们常说的党纪国法。我们党内有一套比较严格的监督办法和规定。我们也面临同级监督和对第一把手监督难的问题，所以我们要开展预防腐败管理这个科学的管理办法，用一个标准和科学有效的制度来管理。"

这项工作在全国影响较大，近三十个省、市、区来崇文区参观学习。

5

作为区委常委，每周三上午是我的信访接待日。区委门口的信访接待室每次都要在电子屏幕上打出当天接待常委的名字。每到周三上午上访的人最多，群众听说是纪委书记值班，觉得解决问题的希望更大。不过还好，信访室的王主任工作很细心，每次都事先让我们来选择处理哪些信件。

一个周二下午，他抱了一大堆信件来，一件一件给我介绍，他说："书记，有一个最难办的，拖了两年了都没有处理，市委信访办已经告诉我们了，半年内必须答复、处理并呈报结果。”

我说："什么问题呀？"

他用手推了一下白色的金丝边眼镜，为难地对我说："崇文区有一个私人企业的房地产开发商，建的回迁房，房顶保温层太薄不保温，冬天室内温度达不到十六摄氏度。所以群众上访，要赔偿。有两百多人去市委信访办上访，算集体上访，两年了还没有解决。"

我说："你们了解了没有？群众反映的是否属实？"

他说："了解了，请建筑部门对保温层做过鉴定，确实是保温层不达标。"

他接着说："群众和开发商达不成一致的意见，闹得很厉害，特别是崇文区有一个知名的马律师，在里面挑头，都是按照法律程序来说话，很不好办。两年了没有解决，我这个信访室主任也很为难。书记，再不解决可能要出问题。昨天上午，建委的于主任刚在建委门口停好车，就被群众从车上拉了下来，推来推去。再解决不了，可能要出大乱子。"他一脸的为难和着急。

信访室王主任是上海人，说话慢条斯理，他又推了一下他的白色金丝边眼镜，犹豫地说："书记，我看您也是一个爽快人，又正派，我就跟您直说了吧，我也不敢给您挖坑啊，您刚来，群众威信又这么好。"

我看他吞吞吐吐的样子，便说："什么事？你就给我交一个实底吧！"其实我心里已经想到，区里的区长，还有其他常委，地方经验都比我足，为什么这个案件谁都不接？一定是有原因的。

王主任似乎是下了很大的决心对我说："大家都传，这个私人房地产开发商跟区委书记关系好，所以谁都不敢惹他。"

我哈哈大笑，说："我来接。明天上午，通知区建委的主任或者副主任来一个，开发商公司的经理或者副经理来一个，群众代表选两名，再让那个马律师也参加。街道的主任来一个，我来开会，了解一下情况。"我心想，如果我们真正爱护我们区委书记，对他最好的维护，就是解决群众的问题。当时我还很单纯，没有任何私心和个人利益的考虑。我也不管任何人的七大姑八大姨，对他们说，你们就把我想成是刚来的"二愣子"，也不要告诉我，我就装不知道。

周三上午，我端了一个保温杯，拿了一个笔记本，又拿着信访的文件夹，头天晚上做好了功课，想好了对策，充满信心地走进信访接待室。我对王主任说："先告诉门口的那两个群众代表，再加上马律师，请他们进来。让维持秩序的民警全部撤到另外一个小房间去，只要群众没有动手打人，他们都不许出来。"当时门口站了近百人。

紧接着开发商的常务副总，建委副主任，街道主任都来了，人都来齐了。

我开诚布公地讲："大家都来齐了，今天上午我们要解决拖了近两年的关于这个回迁房不保温的问题。"

我首先问建委副主任："你们对这个保温层请建筑单位做了鉴定吗？"

他说："做了鉴定，就差一点点不达标。"

我又问开发商的副总经理："这是不是事实？"

他承认是事实。

我说："是事实，为什么不解决呢？"我有点生气，非常严肃地面对大家说："你们想一想，如果是你们的父母，你们自己，你们的兄弟姐妹住在一个冬天零下十几摄氏度，室内温度达不到零上十六摄氏度的房子里，你们愿意吗？为什么不管?！"

屋子里一片沉静，谁都不敢说话，喘气的声音似乎都能听到。

我又问开发商常务副总："你们董事长知道这个事吗？"他说："知道。"

我更生气了："知道那为什么不解决，把保温层换了，换一个达标的保温层？"

那个副总不置可否地说："书记，不是不给换，我们去换，但群众的意见不统一，有的人家同意换保温层，有的人家不同意换保温层，只要钱，要赔偿。"

我说："大家都得讲真话，这个是不是事实？"

建委、街道，以及群众都说是这样的。

我说："明天开始，由街道主任带两个人，建委派一个人，群众代表派两个人，马律师也跟上，对小区顶层的所有居住户进行调查统计，逐家去问，要钱还是要换保温层。让他们自己填表。街道主任要多给群众做工作，因为我们不可能一半换保温层，一半给钱。先去做工作，再去填表征求意见。最好是直接把整个顶层的保温层换了。如果百分之六十以上的人家同意换保温层，我们就决定换保温层，换成加厚保温层。能不能达成一致？"在场的人全部同意，包括两个群众和那个马律师。

我又对马律师说："你是关键人物，你懂法律，你说这样解决行不行？"

他戴了副眼镜，比较精明，操着天津口音的普通话对我说："很好！"

我说："既然大律师没有意见，请你帮我们去给群众解释，说服群众，最好同意换保温层，拿了几个钱也不能彻底解决问题，冬天照样冷。我们马上解决，不要再去市委上访，有问题来区纪委找我。"

他们答应了。我又提出第二个要求，我说："马律师你懂法律，如果你发现我们的干部有什么腐败问题，可以直接来纪委举报，但是不许妨碍国家公务人员执行公务。我听说昨天你们有人对我们的建委主任动手，从车上拉下来，推来推去，人家是个女同志，你们也好意思动手。我警告你们，如果下次再有任何一个人敢妨碍国家公务人员执行公务，再敢动手，我就要采取法律手段，绝不容许任何人再去建委围攻国家公务人员。"

两个群众代表和马律师都表示同意。我说："那问题解决了，你们先走吧，谢谢你们！"

门口拥着的近百名群众也跟着他们，面带微笑地离开了信访接待室。

我把开发商的副总留下，我说："请你回去向你们的董事长、总经理转达我的意见，这件事必须尽快解决，把保温层全部换了，而且室内温度要达标，不能拖延，请你们不要给我们区委找麻烦。"

事后大约半个多月，信访室王主任跑来给我报告说："书记，还是您有魄力，半个多月就把两年的事解决了。"

我笑了一下，没有说话。

这件事拖了两年，就在一个上午让我解决了，心里还是有点成就感的。当然，还不知道得罪了多少人，但我并不后悔我的选择。

古街的修缮改造和复建开展得非常艰难。如何复建？拿了两三套方案，引起了很多争议，专家的意见也不统一。特别是招商，如果完全按古老小店铺的样式复建，招商很困难。

我去给市委牛副书记汇报思想情况和工作进展，说完后，他鼓励我干事认真，还幽默地笑着跟我说，听说你们古街改造，在离天安门广场也就两百多米的距离的地方，弄了一个东北大舞台，有一个驴，带着粪袋拉磨。我知道你们是为了招商，但这个大舞台占用古建筑，门口全部是像东北农村那样用大玉米棒子做装饰，这个驴真的是和天安门显得极不和谐。

我不好意思地微笑着点头，当时北京的领导非常包容，给区里的自主裁量权还是挺大的。

那时候我们的经验真是不足，说实话也不懂经济和金融工作。古街拆迁、修缮和复建需要资金。一是给老百姓搬迁建新房子，补偿拆迁款。二是本身的修缮、复建也需要大量的资金。区里资金缺口很大，于是就招商引进了国内最大的房地产商之一。这个老板夫妇两人非常会做生意，也非常精明。他们拿到古街修缮、复建的这个题材，就在香港成立一个分公司，并且上市。有古街拆迁，又是政府项目，所以股票市价突然飙涨。听说他们挣了近一百亿，但是他们参与古街改造投的第一笔钱，大约也就是五十万。市委收到大量举报信，市委书记果断要求让这家房地产公司出局，不能参与古街项目，结果这个房地产商又把区政府告上法庭，要求赔偿。最后，区里只好把古街东边两块最好的地段补偿给了这家房地产商，他们赚得盆满钵满。

古街刚复建后不久，迎来了正月十五元宵节。那天，在人民大会堂举办全国政协元宵节联欢晚会，长安街张灯结彩，天安门广场花团锦簇，人民大会堂更是灯火辉煌。

我们崇文区全体常委和区长在前门大街总指挥部，临时征用了大北照相馆的两层楼。我们在二楼通过监控屏幕，在大屏幕上看见前门大街熙熙攘攘，大街挂满了各式各样的红灯笼，两边的小商店布满老字号的小吃，有茶汤李、爆肚冯、月盛斋、全聚德、都一处……好一个繁华热闹。

我们中间层这些人既要对上负责，也要对下负责，两头都不能出问题，特别紧张。事前做的预案是准备晚上十点撤场，那时候大会堂的联欢会也结束了。大约在九点多钟的时候，发生了一起持刀捅人的案件，两个人受伤，被救护车迅速送到医院。还好是轻伤，保住了生命。捅人的中年男子被公安干警迅速制服带走。审讯后，知道他来自南方，因失业和老婆离婚，有严重的抑郁症，带了一把长刀来北京找最热闹的地方发泄。还好我们事前做好了预案，救护车、警车都在胡同里备勤。

在北京当公务员太不容易了，我自言自语："你不满或者想闹事找当地政府，为什么要跑到北京？"

旁边的周区长跟我说："为了制造政治影响。"

我们每个人都紧盯着各个小组，街道的主任更是直接在现场巡逻。十点多钟，大会堂的联欢晚会结束了，车渐渐离去，广场的灯也少了很多，等古街全部清场完毕，我们几个人深深地舒了一口气，今天总算是完成了任务。这时候，才感到腰酸背疼，很累很累。

一位常委突发奇想说："咱们去吃夜宵吧？"

我很惊讶："这么晚了，都十二点多了，到哪里去吃夜宵呀？"

他说："我知道夕照寺街路东面有一个'小胖炝鱼'很好吃。"

我们六七个人穿着羽绒服，吸着冬夜清冷的空气，穿过古街，那时古街的店门都关闭了，几乎没有什么灯光，只有马路两边的路灯发出暗黄色的光。洁白的月亮又大又圆，银白色的月光铺满了古街。曾经的皇上就是沿着这条

"御道"去天坛祈福、求雨的吧？

我们几个人边说边笑，不一会儿，走到了"小胖炝鱼"的小店门前，店主正准备关门打烊。我们几个好说歹说，店主大概同情我们刚下班，终于同意我们坐下点菜了。

我们六七个人围着一个小圆桌，男同志聚到一起总是要喝酒，他们问店主还有什么白酒，店主说，只有牛栏山二锅头。这几个男士说牛栏山好啊，牛栏山是粮食做的，就要牛栏山。我也躲不过去。还好，我天生酒量还不错，就跟他们一杯一杯地干。其实也没几个菜，一个小胖炝鱼锅，其实就是火锅炖鱼，炒了两个小青菜。区长喊着要了一个辣子鸡丁，他是江西人；又要了一个油炸花生米，凉拌黄瓜，凉拌"心里美"。小店菜品一般，但我们吃得开心，喝得舒心。

区长喝着喝着开始诉说，前门大街修建以来，他已经在这个街上走坏了两双皮鞋。

不知不觉，喝到了深夜两点，没有一个喝醉的，这顿夜宵驱散了我们半个月以来的紧张，终于算是松了一口气。

我们摇摇晃晃地结束，各回各家。

第
九
章

1

2011年的夏天，市里准备组建市预防腐败局，我被组织调到北京市纪委、监察局，准备组建工作；并准备9月份上级纪委在全国推广北京"廉政风险防范管理"工作，为预防腐败新机制管理工作经验的大会准备一系列材料和方案：纪委书记介绍经验的讲话，北京预防腐败新机制管理工作经验的展览，以及全国各地的参会代表来京参观学习的接待工作等。

北京市纪委、监察局在丰台区六里桥的一栋灰色大楼里，预防腐败局准备设在原来的旧楼，在纪委大院最南边的一栋七层的小灰楼里。整栋楼进行了全面的装修，装修后一个星期，我先搬进去工作，准备9月份的全国经验推广会。

相比新楼，这座旧楼无论是办公室还是走廊都比较窄小，我的办公室，两间小房，总共建筑面积二十五平方米。但我已经很知足。

刚刚装修完，味道还很刺鼻，我们在炎热的7月，开始了紧张有序的工作。

我列出两个月的工作计划。这些工作，我一个人根本无法完成。我拿着手中的计划，敲开周书记的房门。我跟周书记说："要完成这些工作，还要组建预防腐败局，我一个人不够，我建议借调两三个人。"周书记是东北人，个子不高，大眼睛，大鼻子，头脑清醒，有丰富的行政领导经验，担任过三个部门的副部长，干起事来确实有东北人的豪爽，他爽快地答应。他说："你选人吧。"

我心里十分愉悦，有这样一个信任我的领导，再苦再累也一定要把事干好，把活干漂亮。

我说："我在崇文区创建预防腐败新机制管理工作时，有一个人起了主要作用，大多是我出思路，他完成内容、细节，整个体系的实施搭建是他完成的。"

周书记坐在他的大办公桌前问我："这个人具体是一个什么情况？"

我认真介绍道："这个人就是现在东城区一个街道的办事处主任，叫刘虹剑。"我简单地给周书记介绍了这个人的简历。我说："他是北京大学地球物理系本硕连读的正规硕士毕业生。干过北大学院的学生会主席，干过崇文区团委的副书记、书记。现在两区合并后是东城区的街道办事处主任。他人品好，理论水平、文化素质、文字能力和实际操作能力都很强，是一位很优秀的年轻人，大约三十五岁。"

周书记听完我的介绍后，微笑道："可以呀，你问问人家愿意来吗？平调（他本来就是正处长级）如果愿意，我们就发商调函。"

我回到办公室，就给虹剑打电话。他倒也是很爽快，不拿我当外人。他说："书记，跟着您那几年就是干活受累，受气，没有任何好处。我现在在街道，吃香的喝辣的，也有专车，下面的人也特别听话，隔三岔五还能喝二两小酒，我不想再跟着您去码字。"

听完后，我大失所望。我现在已经不是他的领导，只是以朋友的口气说："你还是北大毕业的吗？还有家国情怀吗？只是为了喝二两猫尿，就放弃理想？"

他一听我的语气很严肃，便跟我说："书记，我考虑考虑，回家和老婆商量一下，明天给您答复。"

第二天早上九点多钟，我的电话铃响了，虹剑给我打来电话说："书记，您说得对，我考虑了一个晚上，人活着还是要做点有意义的事，我愿意去。"

我听了以后非常高兴，还好他没有被眼前的一点小酒缠住，孺子可教。

2

9月正值北京迷人的金秋，柿子红了，大枣熟了，栗子也熟了，瓜果飘香。胡同里小吃种类繁多：爆肚、羊肉串、茶汤、杏仁茶……游人川流不息，热闹、繁荣。

就在我的工作紧张繁忙地进行的时候，我家里的一件大喜事又临近。女儿的预产期到了。

女儿本来想顺产，但在产检过程中发现，女儿是先天性漏斗型骨盆，协和医院妇产科的医生坚持要剖腹产，说她根本无法自然生产。医院要我们确定做剖腹产的时间。剖腹产必须在足月前十天以上做手术，所以我们要商量手术的日子。

我看了一下时间，跟女儿说，你告诉医生，选9月8日周六上午吧，周一到周五我都没有时间。

周六清晨，我急忙赶到协和医院妇产科，女儿已经输好了液，还有十分钟就要进入手术室，她是那天早晨的第一台手术，七点半就要手术。

女儿忙着问我说："妈，孩子的小名你给起好了吗？"我歉意地说："哎呀，我一忙忘了。"

她有点生气说："你怎么拿我的事不当回事儿？"

我连忙说："不是不是，真的是我最近太忙了。"

我想了想，说："老人们都说，孩子名字起得越朴实越丑，孩子越好养，女孩就叫小米，男孩儿就叫土豆吧。"

全屋子的人都笑了，女儿很生气地说："吃那么胖了还只记得吃。"

其实，我是想让孩子在大地中生根发芽。我自己出生的年代就是缺吃少穿的，所以我这一生有没饭吃的危机感。

她又说："赶紧吧，我还有几分钟就要进入手术室了，没有时间，快点儿起吧。"

我瞬间想起，我们最期望孩子一生怎么样？不就是健康平安吗？我马上说："女孩儿叫安安，男孩儿叫康康吧。"

这样双方的家属都同意了，女儿也满意地说："这个名字好！"

护士进来把她抬到推车上，她担心地看了我一眼。

我坚定地说："放心吧！协和医院的妇产科是最棒的！"我又高兴又担心地盼望着，等待小孙子/女的出生。

我们四个家长在手术室门外等着。我们在1号门等着，见到2号门出来一个小孩儿，又往2号门跑去，一看是人家的孩子，又回到1号门等待。等了大约一个多小时，上午八点五十五分，有个护士叫着女儿的名字，说谁是她的家属，我们连忙跑到门口，护士和我们说："是一个宝贝女儿。"

我说："让我抱一下吧。"我的小宝贝安安出生了，隔代人幸福的泪花从眼角流下，我看到了第三代，终于

"升级"当姥姥了，这是我一生最幸福、最难忘的一次"晋升"。

安安出生的早晨，刚好是秋季的第三个节气"白露"，她是清秋一颗透明的露珠，她给我们全家带来清新和幸福，给我们的家庭注入了新的活力。

老人们常说："小孩儿出生时被谁第一次抱，孩子的性格就像谁。"安安的性格还真的有点像我，任性、聪明、喜欢读书，争强好胜，但她比我有才气，会画画、拉小提琴、设计并制作衣服。

她给我们带来了许多的快乐。

3

日子过得飞快，女儿又怀上了二胎。大约怀孕四十多天的时候，女儿告诉我，医生要她请假卧床休息，说她有"先兆流产"的可能。

我着急地说："那就快请假在家休息，什么也别想，没准是个男孩，因为老人说男孩在子宫里特别难'站住'。"

女儿害口时特别想吃酸的，我高兴地说："你姥姥告诉过我酸儿辣女，一定是男孩。"

休息半个月后，女儿的孕酮还是低，我陪着女儿去医院产检。我说："大夫，能不能把药片改成黄体酮的针剂？尽可能把这个孩子保住。"

协和医院的医生非常干练，她用坚定的口吻告诉我说："我们已经开过黄体酮的片剂，吃了半个月，我们帮胎儿一把，如果他（她）优秀就留下来，不优秀就顺其自然，不要打针强留。"

我心里刚开始有些不舒服，谁家不希望尽全力保住小生命，怎么能是顺其自然呢？后来仔细一想，生命的法则不就是优胜劣汰吗？如果胎儿真的先天发育不优秀，留住也没有什么意义，好像是有点残忍，但是确实是这个道理。

从那时开始，我就提心吊胆地每天祈祷这个小生命平安健康地来到我们家。

女儿特别喜欢小孩。她近乎用恳求的口气说："妈，我想生三个娃，你帮我问问医生第二胎，我能不能试着顺产？"

我说："我也是服你了，现在的年轻人，都忙于事业，有几个像你这样喜欢生娃的？"

于是我又找了医生，医生坚定地说："如果要试，她会受两遍罪，最大的问题是孩子会有危险。她是先天性漏斗型骨盆，不能担这个风险。"所以只好还是剖腹产。

我安慰女儿说："就听大夫的吧，你我学医都来不及了，协和医院的大夫都是八年硕博连读，而且他们的妇产科是全国最好的，在全世界都很有名气。"

女儿最终还是答应了。

2015年1月底，北方冬天一个清晨，太阳初升，我们家的康康出生了。当被我抱起来的时候，他不哭不闹，肉嘟嘟的小脸，半睁着小眼睛。我喜悦的心情无法表达，老天太厚爱我们了。一个女孩，一个男孩，刚好写成一个好字。我抱着他，这个身上有着我1/4血统的宝贝，仿佛看到了血脉的延续，无比幸福和喜悦。希望他们能健康快乐地成长。

4

时光飞逝，一晃周书记任职五年了，也到了退休年龄。上级组织派来一位新的市纪委书记，他叫岳明。刚好是1月底，春节的前夕，所以他第一次跟我们见面，就在迎新春联欢会上。

每年春节放假前，单位都组织职工自编自演节目，来庆贺新年。

第一个节目结束，领导致辞，岳书记致辞不拿讲稿，讲了有十来分钟。我记忆犹新的是他说："今天大家都穿着各种各样的戏装，我无法看得很清楚，等大家脱了戏装后，我们再互相了解和认识。"

他开始与班子成员谈话，他习惯把每个人的谈话内容写在笔记本上，字写得很大，写的速度也很快。

我被借调到中央巡视组工作三个月，还好被分配在北京，巡视中央、国家机关的三个部委，集中住在一个宾馆里不能回家。特别是第一个月的"谈话"，我们二十多个人，每两人分成一个小组。一般都是一个局级干部带一个处长，或者科长，因为"谈话"有规定，必须两个人同时谈。通过大量的谈话，了解情况，还要查阅一些资料。

第一个月，包括晚上也要加班加点，每天要谈十几个人，没有周六日。早上起来吃完早饭，大约八点开始谈话，中午休息一个小时，下午接着谈，经常谈到晚上。谈完话以后，还要把当天谈话的全部内容整理成材料上报。

就在"巡视"第一阶段工作即将要结束的时候，我接到了大哥从银川给我打来的电话，说八十三岁的老母亲摔了一跤，髋关节断裂，我十分着急，对大哥说："要不我就回去？我现在工作很难请假，但我试着请一下吧。"

大哥考虑到我现在的工作，的确是不好请假，说："你找找你的同学，找一个好的骨科主任给妈做手术就好，你暂时不用回来，你回来也没有用。"

我心想是这么一个理儿，我就找了我的同学。他帮我找了区医院的骨科主任做接骨手术。

一个星期二的早晨，说好八点手术。我开完会中午十二点多了，急忙给大哥打去电话问："母亲的手术做得如何？"大哥说："还没有出手术室。"

我心里预感不好，一个骨科手术，怎么能五个多小时呢？我说："怎么这么长时间？"

大哥说："大夫出来说母亲年龄大了，尽量少出血，就用了显微外科。显微外科不行，做了三个多小时后又改成切开复位。"

我当时都快晕了，我说："髋关节骨头断了，显微镜怎么可以打钢钉呢？你们怎么不告诉我手术方案？如果告诉我，我是不同意的，应该直接切开打钢钉复位。"

大哥说："我们也不懂啊，只能听医生的。"

我心里七上八下的，心慌。坚持到下午两点半，我又打电话。我说："妈出手术室没？"

大哥说："出来了，失血过多，还在输血。"

我心想这次可麻烦了，折腾了六七个小时，老人家平时吃素，营养本来就不好。我说："我回去吧。"

大哥还是劝我说："你在巡视组工作很忙，别人也没办法再替你，还是先别回来吧，有事儿我给你打电话。"

我犹豫了两天。还好因为第一阶段"谈话"工作基本完成，我们的下一步工作方案还在制订，这个中间我们有三四天不用那么忙，也没有会可开了，我就给组长请了五天假，加上周六日，这样我就可以陪母亲一周。

我乘了周五晚上最晚一班去银川的飞机，下了飞机，我急奔区医院的骨科病房。母亲脸色苍白，胳膊上输着液，看见我就笑了。她慈祥地说："你工作那么忙，我已经给他们说了不要你回来。"

我强忍着泪水，看着母亲苍老无力的样子十分心疼。

我说："还好，我这次能休几天假，陪您一个星期。"

其实我也就是看看母亲，每天中午去送饭，喂母亲吃饭后，再给她漱漱口。坐在她的床边，按按胳膊，揉揉腿。她说躺得腰都酸了，我再给她揉腰。

过了三天，大夫又找大哥商量，说发现母亲大腿部有血栓，要不要把大腿的血管切开放一个过滤网，从此母亲要吃大量的抗凝药。我傻眼了，看着大哥。

我们就开始询问旁边的病人家属，他们说有的人安了这个网又受罪又不管用。

大哥说："别受这个罪了。"我们兄妹最后决定不要安这个网了，还是吃药吧。大夫说吃药的话就可以出院了，建议我们买一张骨科的医用床，因为母亲要长期休养，可能以后不能走路，得坐轮椅。

我买了一张骨科医用床，请了一个保姆。母亲一贯坚决反对我们给她请保姆，这次我说您就别犟了，床都下不了，得有人给您做饭，伺候您。母亲也无奈，她倔强、坚强了一生的眼神第一次变成了无奈，她深深地叹了一口气说："又给你添麻烦了。"

我的泪水在心里流淌，不愿让母亲看见。

母亲天天催着我说："快回去，别耽误工作。你在我也这样，你不在我也这样，不要耽误工作。你已经请好保姆，有你哥陪着我，你就放心回去吧。"

我一脸无奈，我确实要回去了。我只好买了当晚最后一班飞机，告别了母亲，飞回了北京。

又过了一个多月，巡视工作结束了。我刚回到机关工作没两天，一天深夜两点多，我的手机响了，把我从睡梦中惊醒。我急忙接听手机，二哥泣不成声地说："妈走了！"我当时就跪在地上，大声地哭了起来。我这一生很对不起我的母亲，母亲为我们受苦受累一辈子，临走我还没有在她身边，这种愧疚伴随了我好多年。

第二天，我向岳书记报到，我说："书记，没想到我刚回来，又得请假，因为我母亲去世了，我要请假回去。"岳书记二话不说，马上给我批了假。我强忍着悲痛，坚持着开完了第二天上午一个事先安排的多个部门的工作会议。听完几个企业领导的汇报，我简单地讲了几句，我很抱歉地说，我还有点事，下面由我们的室主任继续主持，把大家的意见收集上来，我们再研究。

大约上午十一点多，我直奔首都机场，还好那天不堵车，我是中午一点多的飞机，在飞机上，我边流泪边想着父亲去世后的四十多年，母亲一个人，含辛茹苦地把我们带大。母亲虽然没有文化，也没有什么钱，可是她把最好的一口饭省给我们吃。从我记事起，母亲就不停地打零工添补家用。不知多少个夜晚，我从梦中醒来，看见母亲在灯下为我们缝补衣裳。她总是自己忍辱负重，从不叫苦。母亲有癫痫病，犯病摔倒以后，在床上休息半天，还是起来给我们做饭，收拾家，老了还要带孙子。母亲一生不知道摔倒了多少次，摔倒了再站起来。母亲全身的骨头，从头骨到脚骨，似乎不是断过就是裂过。我从二十几岁远去他乡，离开母亲，从没有在家陪伴她老人家超过半个月的时间。每过几年，回去见一面就匆匆走了，母亲总是那句话："赶紧走吧，不要耽误工作。"

飞机到达了银川河东机场。这个机场建在灵武市临河镇，我曾经在这儿生活过九年，我的中学时代就是在灵武度过的，当时还是灵武县。出了机场，我的侄子在机场门口等着我，车子飞快驶向黄河边。这里的变化可以说天翻地覆，窗外的柳树、杨树哗啦啦从车窗边过去，我坐在车里，看着窗外泪流不止。

母亲约六十平方米的政府廉租房，小小的大约十平方米的客厅里，设了一个很小的灵堂，挂着母亲微笑的黑白遗照。我扑通跪倒在地，泪如泉涌，我哭着说："对不起呀，对不起，妈妈实在是对不起，您最后一面我都没有见到！"这是我一生中第一次对母亲说对不起，但是慈祥的母亲永远也听不到了。

二哥劝我半天说："给母亲上三炷香吧，让她在天之灵得到安慰。"

我们兄妹四人，轮流守夜。我不解地问二哥："妈去世的前两天我打电话，劝她吃饭时还好好的，怎么这么突然？"

那时二哥给我打来电话，说母亲已经两天多不喝水，不吃饭，让我劝劝。

我还打电话给母亲说，您一定要吃饭，喝点儿稀的。不吃饭就得到医院输液，母亲临走的前一天，大哥过去特意为母亲做了她最喜欢吃的西红柿揪面片，母亲吃了一小碗。

大姐跟我说："她总坚持着不吃不喝，健康都受影响了。母亲信仰佛教，她知道自己下不了床，又不想给儿女添麻烦，是自己了断的。"

听完大姐的话，我又哭了起来，这很像我母亲的性格，临终都走得那么要强。

我哭得越来越伤心，母亲啊，您可知道，您选择这样的走法我此生怎能安心？您走的时候多么痛苦，不吃不喝还要忍着病痛，那一周您是靠什么熬过去的？难道是信仰？

到夜里两点多，二哥说："你去休息，换我吧。"就这样守了一天一夜。第七天出殡前，我们唯一的舅舅打来电话，要求我们兄妹四人必须披麻戴孝。二哥早已准备好了白布，大哥说不行："我和小兰都是共产党员，这样不好。"

舅舅说，如果我们不披麻戴孝，他就不参加母亲的葬礼。我已经没有任何主意，脑子一片混乱，按照老传统是听长子长孙的决定，我把全部的决定权交给了大哥。

大哥做了妥协，与二哥商量，尊重母亲的宗教信仰，我母亲和我的姥姥、姥爷都信仰佛教，所以按佛教的丧葬仪式办理。

我只是坐在那里哭，因为我不知道以什么样的方式才能对母亲的在天之灵做最好的告慰。

第三天早上五点多天还没亮，二哥请人按照宗教的仪式送别母亲，前面有孙子辈，有拿旗的，有端着母亲照片的，还有人端了一个火盆，边走边诵经。我一句也听不懂，默默地跟在后面。我只知道哭，一路哭，好像走到一个什么地方，要把那个瓷盆摔掉，再走到什么地方，要过"奈何桥"。

我都不懂，只是按照他们的要求办。车子开到殡仪馆门前，告别仪式大厅门口，我就开始心跳加快，站不住了。我强忍着，从口袋里取出七八颗速效救心丸吞下。

大哥说："你这样就别进去了。"他怕我身体吃不消。我说："没事，让我休息五分钟。"我坐在一个石台阶上歇了五分钟。我说没事，我一定要去，大哥还是不让我去。我说："这是最后一次见母亲，我一定要去，否则是我终生的遗憾。"

我跟着哥哥姐姐们走了进去，母亲安详地躺在一张石桌上。人瘦了一圈，小了一圈，脸庞还是那么慈祥。我跪在她老人家的脚下，半天起不来。真的是对不起母亲，我边说边哭。大哥硬把我拉起来，拿出我写的悼词，说我们要举行告别仪式。悼词本来想让我舅舅写，舅舅的文言文功底不错。但正是因为我们没有听他的话，所以他没有参加葬礼，也没有写悼词。在前一天的晚上我含着热泪写了一份告别母亲的悼词：

　　　　母亲，在父亲去世的四十一年里，您用您柔弱而坚强的身躯、毕生的经历和勤劳的汗水撑起了我们这个家，给了我们一片蔚蓝的天空，辛苦地养育了我们兄妹四人，您的宽厚和善良成为了我们的家风。

　　　　……

　　冬日的上午，我们永远地告别了母亲。母亲火化后的骨灰与父亲合葬。走出墓园的时候，不远的草地上有一只大灰喜鹊。我告诉自己，这可能是母亲，母亲生前见了大喜鹊就高兴。墓碑边的松树四季常青，有风吹过，枝条相碰，沙沙作响。我抬头望着天空，白云追着白云，我流着泪安慰自己，母亲离开了我们终于和父亲在天上团聚了。

　　我们健康地活着，好好地做人，才是对父母最好的告慰。

又是一个春暖花开的季节，冷冻了几个月的北京大地慢慢地苏醒，柳树发芽，春风习习。

工作上又遇到了一个棘手的难题，一个硕士研究生，老婆刚生完孩子，还在坐月子，结果他去嫖娼。在区派出所公安干警执法过程中，他非常害怕，想从车里逃离，挣扎时，突发心脏病死亡。网上出现了各种议论与谣言，说公安民警暴力执法。

纪委的工作是做人的工作，也是一个相当复杂的工作，是各种势力都关心的地方。有的人在看热闹，看看这个纪委怎么处理这个事。

岳书记紧急召开纪委常委会，并要求分管副书记和常委马上立案调查。在这个过程中，分管公安、检察院、法院的领导想早解决早完事，想先抹平网上的舆论，尽快向上级领导报告。岳书记坚持不能草草了事，要等我们这边调查清楚再处理，最少也得给我们一周时间。

纪委的办案人员连夜加班，经过努力，调查清楚了当事人死亡的真实原因。后转检察院处理。公安机关对当事人的死亡表示遗憾，对由此给死者家属带来的不幸和痛苦深感愧疚，对该案涉案的警务人员做了处理，派出所所长免职，副所长被双开（开除党籍，开除公职），一民警行政撤职调离岗位，一辅警两保安解除劳动合同。

处理结果在网上宣布后，网上的舆论，群众的情绪，和死者的家属终于平静了下来。

2016年北京全市被党政纪处分的人有2625人，市纪委机关共接到群众的信访举报件21736件次；每个工作日要处理87件次；全市各级纪检监察机关全年共立案3216件，比上年增长22.5%；给予党政纪处分2625人，比上年增长17.8%。

纪委、监委的工作任务、工作量越来越大。

吃早餐的时候，我们常能遇到岳书记，他经常与我们边吃饭边聊天，多数时候，他都在了解机关干部想什么，谈谈对一些工作的看法。有时人少，他也与我聊聊文化。

清晨的阳光透过大玻璃窗照在我们的餐桌上，空气清新，环境轻松。后来，我经常怀念那时的阳光和早餐。

　　时光飞快，一晃又过去了几年，不知不觉，我也到了退休年龄。初夏的一天中午，我去食堂吃饭，看见服务员准备了一个生日蛋糕，我很惊讶。因为以前从来没有人在食堂过生日。我问服务员："今天是给谁过生日呀？"

　　办公室主任捧着一捧鲜花走过来对我说："祝您生日快乐！我们今天给您过生日。"

　　这真是给了我一个意外的惊喜，我感动得泪水潸然而下。忙碌了一生，这是第一次有单位的同志给我过生日，大家给我唱了生日的祝福歌曲，我匆匆给大家分了蛋糕。我感受到，这是大家对我未来退休生活的祝福，这香甜的蛋糕仿佛是我一生工作生涯中最完美的句号。

　　我交完全部文件、案件卷宗等，又交了办公室钥匙。走出灰色的办公大楼，站在方形大门下。大门上面有一面很大的镜子，我仰望镜子里的我，非常渺小。我边往大门外走，边挥手告别，忍不住泪如泉涌。就这样，我告别了我的公务员生涯。

回到砖红色塔楼的家，已是傍晚，女儿带着两个小外孙在等我。她买了一个蛋糕，淡黄色奶酪蛋糕，上面用红色奶油写着："姥姥生日快乐！"

老伴做了长寿面，西红柿鸡蛋卤，一根面能拉胳膊那么长。

女儿怕我有失落感，看着我的脸说："妈，你这么简单，没有任何心机，也没有背景，怎么混到今天这个位置的？"她仔细打量着我的脸，仿佛要在我的脸上找到答案。

我看着安安、康康透明清澈的目光，一脸的天真清纯，心中感慨：没有"运动"的年代多么好啊！

是啊，为什么呢？我始终相信人类的正能量，最终邪不压正，我始终相信"人之初，性本善"的道理。我一生走来，遇上的善人多，厚道人多。即使个别人做了些无奈的事，本质还是善良的。

第二天清晨我自然醒来，在床上赖了一会儿。这是我四十五年来除节假日、休息日外，第一次不用着急起床，时间可以完全由自己安排，不过我已经习惯了早晨六点多起床。在床上伸了一个懒腰，满心的轻松，我走到落地大玻璃窗前，凭窗远眺。

　　太阳冉冉地从东方升起，被高楼挡了一会儿，还是坚强地奔向天空。乌云遮不住的太阳，居高临下地俯视着大地，拷问着众生，似乎在问每一个人：你的人生将如何度过？

　　窗外，湖水平静，湖畔绿树成荫，京城第一高楼在一群楼中突出挺拔。天气晴朗，一群白鸽在蓝天下自由自在地飞翔，鸽子的哨声响彻天空，仿佛众多孩童在齐声诵读《三字经》：

　　　　人之初，性本善，性相近，习相远。苟不教，性乃迁，教之道，贵以专。

　　　　昔孟母，择邻处，子不学，断机杼。窦燕山，有义方，教五子，名俱扬。

　　　　养不教，父之过，教不严，师之惰。子不学，非所宜，幼不学，老何为？

　　　　玉不琢，不成器，人不学，不知义。为人子，方少时，亲师友，习礼仪。

　　　　……

后记：真情永远是文学的灵魂

　　2023年2月，我的第一部自传体长篇小说《灰房子　红房子》完成后，我深深地舒了一口气，站在客厅东窗远望出去，看见龙潭湖公园不远处的湖边有野鸭和鸳鸯，游来游去，它们尽兴游玩，活泼可爱。

　　退休后，我一直想写一部长篇小说，来了却自己年轻时的梦想，可是因为我的身体出现一些状况——我患了心脏阵发性房颤，经常三天两头地犯房颤病，于是这个写作梦想就一直搁置着。犯病的时候，感觉心脏要从胸腔跳出来，恐惧，心跳加快到每分钟一百六十多次，我口服一百五十毫克的"心律平"，静卧半天，才能缓过来。

2020年6月，我刚办理完退休手续，回到家在网上买了一张小书桌，放上小米笔记本电脑，打算开始我的首部长篇小说《灰房子　红房子》的创作。我对自己和家人说："这里就是我新的办公室。"

我一直断断续续地写。这期间，我旅游，写随笔，出版了三本随笔集：《依旧是寻常》《我想去远行》《今朝陌上又花开》。这些都是我的随走、随想、随感，随时记录生活中的所见所闻，以及大自然的美丽，也为了锻炼我对文字和语言的把握能力。

2021年年底，《灰房子　红房子》写到一半的时候，我没有信心再写下去。我底气不足，不知道自己写的算不算得上长篇小说。我开始停笔，阅读经典的长篇小说。我阅读了日本作家三岛由纪夫的《金阁寺》，村上春树的《挪威的森林》，阅读了2022年获诺贝尔文学奖的法国女作家安妮•埃尔诺的《悠悠岁月》，还有马来西亚华裔女作家黎紫书的《流俗地》，又重读了王安忆的《长恨歌》……我才发现，小说没有统一的格式，各有各的写法，但是我没有系统地学过文学专业，过去的二十多年也没读过几本长篇小说，真的不知道小说该如何去写。我不懂得写作技巧，不懂得叙事和修饰的章法，但是我有对生活的热爱、体验与思考，我有一片真情。我爱我的父母家人，我爱我的朋友，我爱曾经教授过我的所有老师，他们的只语片言，都鼓励着我坚强地前行。

2022年9月，在安贞医院周玉杰副院长的劝说下，我在安贞医院做了"心脏射频消融手术"，主刀医生是我国治疗房颤的著名专家马长生主任。手术进行了三个半小时。上手术台前，长生主任与我商量是否可以局麻：从大腿腹股沟静脉插三根管子进入心脏，进行插管式局麻。这样，在手术过程中，长生主任可以与我随时沟通，根据我的疼痛程度，他可以掌握电烫心脏的轻重，烫百十来个小点。有时我能忍住，有时感觉心脏像被一个重锤打击。手术三个半小时结束，我们大家都舒了一口气。周院长说："疼坏了吧，看你脸上这大粒的汗珠，脸色苍白，你真勇敢，一动也不动。"我说："哪敢动啊！可别把心脏烫个洞。"大家都笑了。周院长接着又说："我记得莎士比亚也患房颤。"我微笑道："你说大作家都患房颤？是他们使用心脏太猛吗？但我连小作家也不是，只是一个业余作者。"

又是一片笑声。

术后，我老老实实吃了两个月的抗凝药，手术很成功，解决了我房颤的痛苦。那段时间我只是散步，读书。那次手术，使我体验并懂得了人类生命的韧性与顽强。退休后，我的生活变得单一，只是读书、散步、旅游和写作。文学成为我的信仰，我往后余生都将献身于文学。

我又开始继续写《灰房子 红房子》，我把我写到一半的稿子通过微信发给了北京十月文艺出版社的韩敬群总编辑，他看后诚恳地鼓励我，并耐心指导："文学是从一到十，而哲学是从十到一。"这一句话便打开了我对文学的困顿，给了我信心和勇气。

小说一开始，只准备写"我"从美国留学回国，到进入国家机关工作就结束，因为公务员的部分不好写。在韩总编的鼓励下，我又捡起放下的稿子，继续敲起了键盘，把公务员的工作经历也写了出来。我电脑打字的速度非常慢，好像一切都从头开始。那些人，那些事，时刻让我想起，只有写出来或许才能放下。然而，把人生的经历转化为文学作品是一次回眸，是自己与自己纠结的过程。以前，我以为创作是脑力劳动，这次写长篇小说，才体会到创作也是一个体力活，损耗元气。我第一次感慨"年轻真好"。随着年龄的增长，我愈发珍惜当下，争取多走走，多看看，多写点，来完成我年轻时的梦想，让梦想成真。

《灰房子　红房子》是一部时间跨度大的作品，讲述了"我"从四岁到六十岁，经历半个多世纪的成长故事。一个小女孩用纯净的眼睛看世界，小说中姥姥的婚姻完全是父母包办，她生活在"一妻多妾"社会下，是一个裹小脚的女人。在那个以男性审美为主的社会，在"三寸金莲"在男人眼里既性感又柔美的时代，她勇敢离开纳妾的丈夫，不受共同分享丈夫的身心折磨，追求人格独立，用那双小脚，一生奔波，纺线织布，给别人洗衣服，摆茶水、瓜子、花生摊儿，拼命独立去养活儿女。但她毕竟是"三纲五常"教育出的一代人，与丈夫一生分开，却最终也没有办离婚手续；妈妈的婚姻都是姥姥安排，完全是继续她母亲的婚姻方式，在父母之命、媒妁之言的制度下完成婚姻。没有自己追求爱情的权利，任劳任怨，用自己柔弱的肩膀扛起整个家，不停地打临时工，拼命让儿女吃好穿暖，一生与疾病斗争，跌倒了站起来，再跌倒再站起来，用顽强的生命护佑她的儿女；"我"已经可以自由选择爱情与婚姻，不断地通过学习自我完善提高，即使结婚生女，也不断地上学，拼命抢回因"文革"失去的上学的机会。当然"我"也赶上了"改革开放"的好时代，出国留学后又毫不犹豫回国，放弃年轻时对爱情与婚姻的憧憬与纠结，把身心完全投入工作之中，在工作中顽强坚持并追求正义，创新进取。

三代妇女，时代不同，生活背景不同，她们的共同特点，就是中国妇女骨子里的善良及生命的顽强和坚韧不拔，在命运和挫折面前不屈不挠。小说所出现的人物都对"我"的成长给予了潜移默化的影响，或是教育、培养、支持和帮助。无论在什么情况下，我们这个民族大多数人心地善良。我们民族追求的"真、善、美"，在各个时代将一直延续。在大时代、小家庭、小人物的生活与命运中展现。

文学创作是一个细活，讲好一个故事，做到作品精彩、感人、好看不容易。可以说《灰房子　红房子》是我长篇小说的练习之作。在写作过程中，我还是认真地思考自己要写什么，能写什么，以及该写什么，特别是一个公务员的成长，分寸难以拿捏。

创作过程也让我懂得，生活本来就是艺术，文学来自生活，而艺术的生活也是一门大学问。我们终其一生，都是为了认识自己。生命是一个复杂而漫长的过程，我们需要有耐心地、持续地思考自己。只有通过跨越当下"瞬间"，回顾整体的时光，我们才能更好地认识自己的个性和价值，找到自己的方向，追求自己真正的意愿，开启属于自己的精彩人生。

2023年2月初稿完成后，每看一遍，就想修改。不知道修改了多少次。感谢总编辑韩敬群老师！感谢此书的责编姬冰雪女士！感谢他们默默无闻的奉献，无私的伯乐情怀与精神，使得《灰房子　红房子》问世。

2024年1月底，冰雪发微信给我，她温婉地说："张岚老师，您有没有想法给《灰房子　红房子》写一个自序呢？或是放在小说的卷尾，写一篇创作谈作为后记。"收到她的微信时，我正在海南万宁神州半岛的海边散步。我患有"咳嗽变异性哮喘"多年，退休后的冬天，我变成"候鸟"飞到万宁海边过冬。据说，海风里有海盐，对人心肺好，海边空气新鲜湿润，让人身心愉悦。

站在细白沙滩的海岸边，海风拂面，遥望无边无际辽阔的南中国海，家国情怀油然而起。海浪拍打沙滩，一浪推着一浪，后浪推着前浪，从远到近，由深蓝、浅蓝、碧绿、浅绿，再到海岸变成白色浪花，终变成泡沫，每一浪都完成了它们应有的使命，消失在历史的长河，又回归大海。

浪花伴我回忆起陆续创作了近三年的长篇小说《灰房子 红房子》。我们大多人的成长是读着别人的故事，完善自己的人生。不同的是我们这代人读着小说，学着小说里的恋爱细节、方式谈恋爱；而现今的年轻人看着电视，玩着各种人工智能谈恋爱。或许人工智能可以帮他们恋爱、结婚，但我敢保证，我的小说人工智能、机器人是写不出来的，因为我有自己的情感，人工智能、机器人没有，即使有，也是输入别人的情感。

在海边的小房子里，我又打开电脑读了一遍小说，真实与真情的告白是这部作品的特点，稚嫩、简单，没有刻意追求章法和技巧，或许也是一种风格。写作时，我没有写作提纲，也无结构设计，平铺直叙，按照人自然年龄成长：童年、少年、成年，写出生命成长规律，那就是：

"在告别中成长，在成长中告别。"成长的过程都包含着告别的无奈、苦涩和酸楚。不知不觉把人的自然属性与社会属性并轨，人的两个属性相互碰撞，过程是曲折的。

当人们都沉浸在2024年龙年春节之时，家家团圆，万家灯火。海边的夜空烟花绚丽多彩，我真诚地将我的长篇小说习作《灰房子　红房子》献给亲爱的读者！献给所有的朋友们！

我想说的是：真情永远是文学的灵魂。

2024年2月10日，甲辰龙年大年初一上午9点，
辰年辰月辰时记于海南万宁神州半岛泰悦居
张岚

图书在版编目 (CIP) 数据

灰房子　红房子 / 张岚著. -- 北京：北京十月文艺出版社，2025. 1. -- ISBN 978-7-5302-2453-3

Ⅰ. I247.5

中国国家版本馆CIP数据核字第20249X93T2号

灰房子　红房子
HUIFANGZI　HONGFANGZI

张岚　著

出　　版	北 京 出 版 集 团	
	北京十月文艺出版社	
地　　址	北京北三环中路6号	
邮　　编	100120	
网　　址	www.bph.com.cn	
发　　行	新经典发行有限公司	
	电话 010-68423599	
经　　销	新华书店	
印　　刷	河北鹏润印刷有限公司	
版　　次	2025 年 1 月第 1 版	
印　　次	2025 年 1 月第 1 次印刷	
开　　本	787 毫米×1092 毫米　1/32	
印　　张	9.25	
字　　数	141 千字	
书　　号	ISBN 978-7-5302-2453-3	
定　　价	58.00 元	

如有印装质量问题，由本社负责调换

质量监督电话　010-58572393

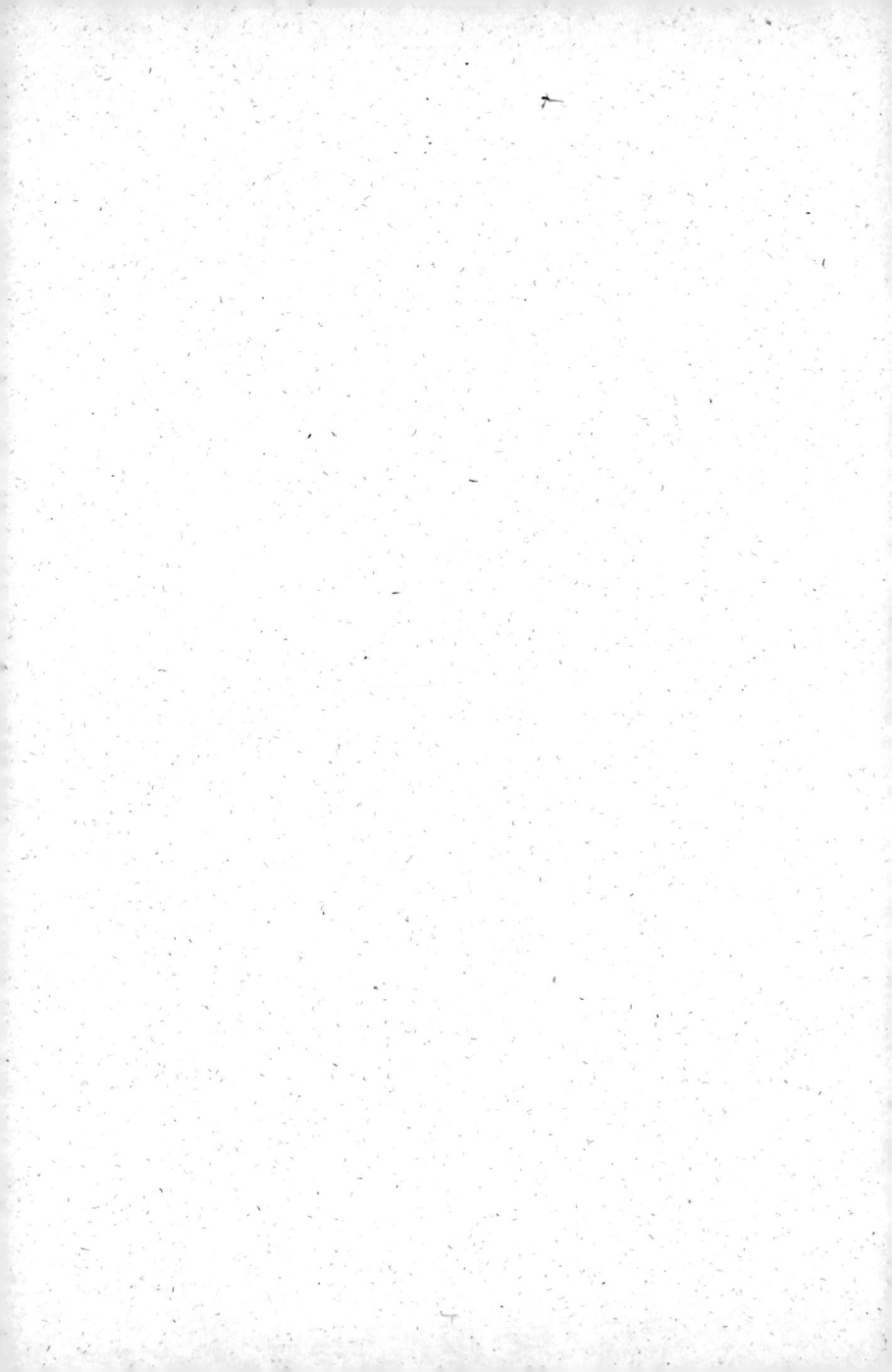